SNOW
スノー
~儚雪~

原作●スタジオメビウス　著●三田村半月　キャラクターデザイン●飛鳥ぴょん

PARADIGM NOVELS 180

登場人物

出雲 彼方　いずも かなた

　都会で気楽なフリーターとして生活していたが、従姉のつぐみによって「龍神天守閣」へ、アルバイトに招かれる。幼い頃に家族と龍神村を訪れたことがあるが、彼方自身はそのことをあまり覚えていない。

雪月 澄乃　ゆきづき すみの

　龍神村で暮らす、あんまんが大好物の少女。無邪気で自作の歌を披露するなどマイペース。彼方が龍神村へ再びやって来るのを心待ちにしていて、幼い頃にふたりで交わした約束を大切に思っている。

橘 芽依子　たちばな めいこ

澄乃の同級生で親友。いつも本を抱えている。趣味で龍神村に残されている伝説について調べている。彼方をからかうことに喜びを感じる。

佐伯 つぐみ　さえき つぐみ

彼方の従姉。ひとりで老舗温泉旅館「龍神天守閣」を切り盛りしている若女将。いつも穏やかな笑顔で、壊れるほど彼方をこき使う。

雪月 小夜里　ゆきづき さより

澄乃の母親。「雪月雑貨店」を営んでいる。女手ひとつで澄乃を育て上げる、強さと優しさを合わせ持つ。つぐみとは同年代の仲良し。

橘 誠史郎　たちばな せいしろう

芽依子の父親。村唯一の診療所の医師。医師としての腕は確かで、村の住人たちからの信頼も厚い。ただ車の運転は常識はずれで危険。

目　次

プロローグ

ラバーの靴底に踏まれ、凍ったアスファルトが鳴っている。

もうずいぶん歩いたような気がした。

出雲彼方《いずもかなた》は、ガードレールのない崖道《がけみち》を慎重にすすみ、彼の到着を待っているであろう旅館へむかっている――はずだった。

龍神村《りゅうじんむら》のバス停に降りたったときには、ひら、ひら、と天空から白い妖精《ようせい》たちが舞い落ちていた。

情緒たっぷりの細雪《ささめゆき》だった。

天候が悪化したのは、バスが発車した直後だった。

突如として、猛吹雪《もうふぶき》へと変わったのだ。

「ぐあーっ、いきなりかよっ」

呪《のろ》われているとしか思えない。

山の斜面からは叩《たた》きつけるように雪が吹き下ろされてくる。キン、と耳たぶが痛む。傘を用意していても役にたたなかったろう。

あたりは真っ白だった。

目を開ければ、たちまち眼球が凍りついてしまいそうだ。

足元を見ながらうつむいて歩いていくしかない。

歩きはじめて十分とたってないのに、ジーンズがバリバリに凍りはじめていた。防水透

プロローグ

湿素材とはいえ、ブーツを選択しなかったから、くるぶしの隙間《すきま》から雪が遠慮なく入り込んできた。

フード付きコートとマフラーで防寒対策はとったつもりだったが、ラフでカジュアルでちょっとヘビーデューティーな装いではこの吹雪に対抗できない。

スキーウェアと登山靴が欲しかった。

雪国を甘く見すぎた報いだ。

なによりも、都会生活に慣れきった肉体に山の自然は厳しすぎた。

「うぅ……このまま帰ってしまいたいぃぃぃっ」

はっきりいって、生命の危機である。

だが、すでにバスは遠ざかり、陽《ひ》も落ちかけている。街灯などはなさげだから、完全に暮れたら一歩も身動きできなくなってしまう。

翌朝、氷の彫像と化して村人に発見されるのだけは遠慮したかった。龍神村の新しい名物にされてしまう。

「な、なんで、こんなところまできちゃったのかなぁ」

軽い気持ちでやってきたことを、はやくも彼方は後悔していた。

実家に戻れば、暖房の利いた部屋が温かく迎えてくれるはずだった。好物のすき焼きやおでんで身体《からだ》をホクホクさせることもできただろう。

果てしなく遠い世界の話だった。

こうなれば、一刻もはやく目的地の温泉旅館へ辿《たど》り着くしかない。

それが彼に残された唯一の道だった。

地図をひろげている余裕はないが、たぶん方向はあっているはずだ。

目指している温泉旅館は、若女将《わかおかみ》である彼の従姉《いとこ》が一人で切り盛りしている老舗中《しにせちゅう》の老舗『龍神天守閣《てんしゅかく》』だ。人手が足りないからと頼まれて、はるばると電車を乗り継いでバイトにやってきたのだ。

あえて今年は就職活動をせず、風の吹くまま気のむくまま、本当にやりたいことが見つかるまではお気楽なフリーター生活を満喫するつもりだった。

縛られて生きるのは性にあわない。

時間は有限だが、人生は意外と長そうだ。

なにもそう慌てることはない。

とはいえ、不肖の息子《むすこ》へ注がれる両親の視線は永久凍土よりも冷たく、有言無言のプレッシャー攻撃もキツかった。

だからこそ、従姉の誘いに二つ返事で乗ったのだが――。

「うわっ」

足元を、なにかが横ぎった。

びたん、びたん、と不器用そうに走り、彼方の声で驚いたのか、くるんと赤い目でふり返ってきた。

野兎《のうさぎ》だった。

「不吉……なのか？　いや、普通か」

冬山のどこで栄養をとったのか、かなり大きい。

ふわふわの体毛が淡く緑色に輝いている。

雪で乱反射した光の加減かもしれない。

野兎は、ひくひくと鼻を動かし、何度も不思議そうにふり返りつつ、バタバタと道を横ぎって雪山に消えていった。

彼方も歩きだそうとすると、ブワッ、と強風が身体を泳がせた。

八〇キロ程度の体重では錨《びょう》の役目を果たせず、風を受ける面積が大きいばかりで、一八八センチを誇る長身もこのときばかりは恨めしい。

「くっ」

崖から落ちれば凍死どころではすまない。

必死で風に逆らい、山のほうへ寄った。

どっ、どっ、どっ、と地響きが聞こえてきた。

「こ、今度はなんだ？」

視界が悪くて確認できないが、山の斜面から確実に接近している。

「うおっ」

どんっ、と雪塊とともに巨大な物体が駆け降りてきた。

一つではなく、複数だった。生き物だ。

彼方は目を見張った。

それが野生の鹿《しか》だったからではない。

鹿の群れに、女の子が紛れていたからだ。

ショートカットに白い帽子をかぶり、ピンク色のセーターと黒のミニスカートを身につけている。透けるような肌。美少女だった。彼方の姿を認め、驚いたように神秘的な瞳《ひとみ》を見開く。

唐突な出会いに唖然《あぜん》としていると、見蕩《みと》れる暇もなく、ふっ、と雪を巻き上げて鹿と少女の姿が消えた。

次の瞬間――。

轟音《ごうおん》とともに、真横から恐ろしい衝撃が襲いかかってきた。

「うわぁぁぁぁっ」

身体ごと吹き飛ばされた。

まるでダンプカーに衝突されたか、津波にさらわれたかしたようだった。

プロローグ

天地が反転し、上下左右の感覚がなくなる。
思考が追いつかず、なにがなんだかわからなくなった。

どのくらい時間がたったのか——。
彼方は、夢を見ていた。
『ごめんな』
『や…っ』
『明日のお昼まで、いっしょにいられるよ？』
『かえっちゃ、やぁっ』
胸を切なくさせる涙声だった。
『電話もするし、手紙も書くし。さびしくないだろ？』
『かなたちゃんと、はなれるのっ、やぁっ』
『離れてても、おまえ俺のお嫁さんなんだから——』
ひぐっ、としゃくり上げ、女の子は黙りこくってしまった。
『な？』
『……やくそくぅ』

プロローグ

『ん？』

『かえってきて、くれるよね？』

『もちろんだ』

『……うん』

『ああ。約束だぞ』

満面の笑顔が伝わってきた。

『うん。やくそくぅ…』


「……うぅ」

わずかに目蓋《まぶた》が開いた。

あたりは真っ暗だった。

死ぬのかな、と思った。

痛みはないが、身体が動かない。

こんなところで、本当に死んでしまうのか——。

なにもかも、これからだったはずだ。この先、いくらでも楽しいことが待っているはずだった。会うべき人がいるはずだ。やるべきことがあったはずだ。

死にたくない。
こんな一年中雪に覆われているような村で——。
頭も強打したのか、意識が朦朧《もうろう》としていた。
吹雪はやんだようだが、それでも顔に冷たいものが触れた。
はらり、はらり、と。
桜の花びらのように。
暗い天から舞い落ち、彼方の体温を奪って溶け、頬《ほお》を流れる雫《しずく》となっていった。
ふと、不思議に思った。
どうして、こんなに雪が降っているんだろうか——。

それはね……昔、とても悲しいことが、あったから。

誰《だれ》の声なのか——。
いつか、どこかで聞いたことのある懐かしい声だった。
彼方が過去に出会ったことのある、少女の声だ。
遠い、遠い昔に、どこかで——。
すぅ…、とふたたび気が遠のいていく。

プロローグ

悲しいことがあった。
だから、ここは
ずっと、ずっと、白いまま…。

声は雪とともに天から降ってくるようだった。

子守歌のように優しく響き、このまま眠りについてもいいくらいだった。

耳を空にむけるため、首を横にひねった。

顔が道路のほうへ傾くと、この事故に気づいた村人なのか、遠くから歩いてくる人影が雪のカーテンを透かして見えた。

助かった、とも、助けてくれ、とも思わなかった。

どちらにしろ、声は出なかったが——。

ただ、このまま安らかに眠りたかった。

歩いてきたのは、真紅《しんく》のコートをはおった女の子だった。

まだ幼く、保護者が必要な年齢だ。

その儚《はかな》いほど小さな身体には、淡く、幻想的な光の帯が、まるで生き物のようにじゃれついていた。

――ああ……あれは……龍だ。

なぜか、そう確信していた。

意識が白く輝く雪に埋もれていった。

そして、静かに目を閉じた。

永い、永い――気が遠くなるほど永い時を経て、休むことなくまわりつづけた輪廻《りんね》の罠《わな》に、今、みずからが閉じ込められてしまったことに――。

彼方は、まだ気づいていなかった。

おかえりなさい――。

懐かしい少女の声が、天から優しく降ってきた。

第一章　龍神の村

読経が厳かに響いている。

いずれ名のある高僧なのかもしれない。

心に染み入るような見事な声だった。

とろんとした微睡《まどろ》みの中で、彼方はそれを聞いていた。

これならば、亡くなった人も安らかに成仏できるだろう。

ポク、ポク、と木魚のリズムも気持ちがいい。

チーン、と仏具が澄んだ音を響かせた。

「う……うっ……うぅっ」

女の人が、すすり泣いているようだった。

無理もない。きっと誰《だれ》か近しい人の葬式なのだ。

焼香の匂《にお》いが甘く鼻先をくすぐった。

——でも、誰の葬式なんだ?

彼方の意識は、ぐぐっ、と覚醒《かくせい》していった。

暗い。狭い。なにも見えない。

とりあえず横たわってはいるようだが、手も、足も、まったく動かせない。まわりに柔らかなワタのようなものがびっちりと敷き詰められ、身体《からだ》が窮屈な箱に押し込められているようだった。

「な、な、なんで……こんな」

くわっ、と目蓋《まぶた》を全開にした。

状況が把握できず、ようやく慌てはじめた。

「旅館の手伝いなんて、頼まなきゃ、よかった…」

女の人は、自分の過失を悔やんでいるようだった。

「私が……私が、村に呼んだせいで…」

ぐす、ぐす、と鼻声になっている。手にしたハンカチで目元をぬぐう様子までリアルに想像することができた。

「……さようなら、彼方ちゃんっ」

「俺かよっ」

跳ね起きようとして、がつっ、と勢いよく膝頭《ひざがしら》をぶつけた。

「いでっ」

その衝撃で上に被《かぶ》さっていた板がずれ、隙間《すきま》から眩《まばゆ》い光が差し込んできた。

ぴた、とすすり泣きと読経がやんだ。

寝てる体勢が悪かったのか、身体の動きがぎこちない。それでもフタを押しのけて箱の縁を掴《つか》むことができた。

「い、いったい、なんで俺の葬式に俺が……ん？　俺だからいいのか？　い、いやいや、それにしたって、本人に一言あっても罰はあたんないと思うぞっ」

ぶつぶつ文句を呟《つぶや》きながら、よっ、と中から這《は》いでた。

無気味な静寂が彼を出迎えてくれた。

「……むむ?」

「……あら?」

厳かな袈裟《けさ》を身にまとい、いかにも徳を積んでいそうな和尚《おしょう》が、祭壇の前で数珠を握りしめたまま彼方を睨《にら》んでいた。

壮年のよく日焼けした剃髪頭《ていはつあたま》に、ぷっくりと太い血管が幾筋も浮いていた。

その隣には、細い指先を焼香の途中でとめた和服姿の女性が、やはり彼方を不思議そうに見つめていた。

なにげに戸惑っている雰囲気が二人から伝わってきた。

いるはずのないモノが、目の前に、いる。

いてはいけないモノが、そこにいる、と。

「——え?」

彼方も、なんとなく場違いな気分になってきた。

見まわせば、立派な葬式会場である。

ふすまを外して二部屋つなげたらしい。けっこう室内はひろく、四方の壁には白黒の幕がかかっている。『龍神学園　職員一同』『橘《たちばな》診療所』『雪月《ゆきづき》雑貨店』などといった木札付きの花輪だって飾ってある。

生きてるかぎり誰でも一度は参列する機会がめぐってくる、お馴染《なじ》みの光景だった。

ただし――。

祭壇には黒縁の額が飾られてあった。

亡くなった人の写真を入れたやつだ。

自分の顔が、どアップで写っていた。

しかも、いつどこで撮ったのか、小さな子供時代の写真だった。機嫌が悪かったのか、そのころから性格がひねていたのか、んべーっ、と舌を憎たらしく出し、鼻に指なんか突っ込んでいる。

こんな写真で成仏したくはない。

心から、そう思った。

「えーと…」

おそるおそる、自分の足下を見た。

片足どころか彼方は両足を棺桶《かんおけ》に突っ込んでいた。

なんとなく、和尚たちの反応に納得した。

「ひっ、ひいぃぃっ、ぎゃあぁあぁぁぁぁっ」

そのとき、凍っていた空気が爆発した。

真っ先に叫んだのは、あろうことか和尚だった。

「きゃあぁぁぁぁあぁぁぁぁあぁぁぁぁあっ」

つられたように、和服の女性が悲鳴を放った。

彼方も混乱の声を張り上げた。

「えっ？　ええっ？　な、なんだぁぁぁぁぁっ？」

パニック度では負けていない自信があった。

なにしろ、自分の葬式に居合わせたのだ。

「ま、迷いおったかぁぁぁぁぁっ。生き返りおったぁぁぁぁぁっ」

和尚は必死の形相で十字をきり、空気をうならせて九字をきり、それは宗派がちがうだろうとツッコむ隙もあらばこそ、ひえぇぇぇぇっ、と尻に帆をかけての最大船速で式場から逃げ去ってしまった。

「ま、待って、ご住職さまっ」

逃げ遅れた女性は座ぶとんごとひっくり返り、畳の上でバタバタ泳いでいた。

「置いてかないでぇぇぇっ。私、こ、腰がぁぁぁっ」

他人が大騒ぎすると、かえって冷静になれるものだ。

彼方は、とりあえず棺桶から抜けでた。

「あ、あのぉ……」

「ひぃぃぃぃぃっ」

本当に腰が抜けてしまったらしく、少しでも彼方から離れようと、横座りになったまま両腕でズルズルと逃げていく。意外とはやい。

詳しい事情が知りたくて、彼方は歩み寄っていった。

体調が悪いのか妙に足元がふらついた。

「きゃぁっ！　きゃぁぁっ！　きゃぁぁぁぁぁっ！」

嬉《うれ》しくない悲鳴が、また放たれた。

「これって、いったい……」

「誰か、誰かぁーっ」

「ちょっと、落ちついてくれ。あの、これって……なにをしてるんでしょうか？」

「な、なにをって……」

逃げられないと諦《あきら》めたのか、ようやく応《こた》えが返ってきた。

「か、彼方ちゃんのお葬式に決まってるじゃないっ」

がるると牙《きば》を剥《む》き、噛《か》みつくような勢いだった。

あらためて観察すると、ツヤツヤ肌の色白美人だった。眉《まゆ》も目も細く、愛敬《あいきょう》たっぷりに下がっているため、こうして威嚇されても迫力はない。血の気が引きすぎて、唇まで真っ青になっていた。

前髪を童女のように垂らし、後ろは三つ編みに束ねて端を切りそろえている。よく見なければわからないほど軽く脱色していた。

印象としては、今風の若女将《わかおかみ》といったところだ。

なにかコツがあるのか、あれだけ大騒ぎしたにもかかわらず、まったく着崩れしていなかった。付け焼き刃ではなく、普段から和服を着慣れている証拠だ。

「いや、だから、なんで俺の葬式なんか？」

「こ、こっちこないでぇぇぇっ。彼方ちゃんが落石事故に巻き込まれたからよーっ。私が殺したんじゃないのよーっ」

あ…、と彼方は思いだしていた。

龍神村のバス停で降りて——いきなり猛吹雪《もうふぶき》になって——山の斜面から凄《すさ》まじい音とともに衝撃が——そこで、ぷっつり記憶が途切れているのだ。

落石事故？

まったく覚えてない。恐怖を感じる余裕すらなかったのだろう。

「うわぁぁぁぁぁぁっ。そ、そうか……じゃ、俺、死んだのか？　本当に死んだのか？

だから葬式を？　そうなのか？」

深刻な気分で頭をかかえてみた。

「──っていうかさ、俺、生きてるしぃ」

うつむいた視線の先に、ちゃんと二本の足があった。

「え？　幽霊じゃないの？　死んでなかったの？」

「足っ、ほらっ、足っ」

「あらあら、足ねー」

しげしげと彼方の足元を眺めまわし、それでようやく落ちついたのか、すくっとなにごともなかったかのように女性は立ち上がった。

「もー、彼方ちゃんったらー、生きてるじゃなーい」

「わぁっ」

ぐいっ、と唐突に頭をかかえられ、彼方は驚いた。

「よかったー。本当によかったーっ。奇跡よ、奇跡っ。ね？　ね？　私が殺したんじゃないのよっ。お医者さんが死んでるって言ったのよーっ」

わざわざ繰り返すあたり、少しだけ怪しい。

それでも、よほど嬉しかったのか、着物の胸元に彼方の顔をぐいぐいと力強く押しつけてきた。

「むぐぅぅ……むむむ」

口と鼻を覆われ、窒息してしまいそうだった。

香水ではなく、甘い体臭が鼻孔をくすぐった。

着物の奥には外見よりも豊かな弾力がある。温かく、ふかふかで、ぷるぷるんとしていて、むにゅむにゅと気持ちよく、なかなか離れがたい感触だ。

案外、隠れ巨乳タイプかもしれない。

いまだに状況は整理できていないが、せっかくの機会だ。

さらに密着したスキンシップを求めても天罰は下るまい。

彼方も積極的に抱きつこうとしたとき――。

「あらあら、いけない」

ぽんっ、と頭部を解放され、至福の時が終わってしまった。

「火葬場に連絡しなくちゃ。死んだはずの彼方ちゃんが生き返っちゃったから、遺体を燃やさなくていいわってー」

気持ちの切り替えがはやいのか、超がつくほどノンキな口調だった。

ガスの元栓を締め忘れてた、とか、雨が降ってきたから洗濯物をとり込まなくちゃ、とかに近いニュアンスだ。

「大変ー。今か今かと待ちわびてるわー」

おっとりとしているが、どこか不服そうなのは気のせいだろうか。

微妙なところで発言がいちいち不穏当だ。

第一章　龍神の村

「そ、そうだな…」

「そうそう、彼方ちゃん、お腹空《す》いてる？」

「ああ、メチャクチャ空いてるけど…」

「そうよねー。事故にあった日から、なにも食べてないものねー」

「まあ、そういうことに……なるのかな」

「そうだわ。ロビーにお寿司《すし》を置いたままだったっ」

「す、寿司っ？」

「お葬式用に手配したのよー。それ、食べるー？　どうせ返品できるわけじゃないから、よかったらぜーんぶ食べてねー」

そう言って、さっさと廊下へ出てしまった。

「……」

奇跡の生還を果たしたばかりで、疑い深くなっているのかもしれない。

コンマ数秒だけ人生について悩んでから、急いで彼方も追いかけた。

見当はつくものの、まだ名前すら訊《き》いてなかったのだ。


「じゃ、ここは――」

「そう。龍神天守閣よ」

「あんたが従姉《いとこ》のつぐみさん？」

「そうよー。佐伯《さえき》つぐみよー」

今さら、といった感じの自己紹介だった。

つまり、ここがバイト先の老舗旅館で、彼女が雇い主というわけだ。

葬式の会場になっていたのは別館の二階。『青龍《せいりゅう》の間』だ。

元々は彼方が泊まるために用意されていた部屋だったらしい。

「あ、でも、私と会うのは初めてじゃないのよー」

「たしか、十年前にも会ってるはずだよね」

「覚えてるー？」

「ああ……たぶん」

まだ少し後遺症が残ってるのか、雲の上を歩いているように頼りなく、頭の中も半分眠っているような感じだった。

渡りに舟でやってきたバイト先だが、いきなりの大アクシデントだ。

この選択は大失敗だったかもしれない、と改めて考えはじめていた。

そう。雪国のロマンを気どってはみたものの、考えてみれば山奥にある万年雪の村なんか元々好きではなかった。

まだ小さかったせいか、あまり覚えてなかったが——十年前、両親に連れられて龍神村へきたときも、子供の興味を引くものはなにもなく、ひたすら退屈していたような記憶が残っているだけだった。

たぶん——。

そうだったはずだ。

「最後に会ったときは、まだこーんなにちっちゃくて、どこもかしこもちっちゃくて……そうそう、あの遺影ね、十年前にお店の前で撮ったものなのよー。ごめんね、あんな写真しかなくて。でも、あの事故から助かるなんて、本当に奇跡ねー」

廊下の先を歩いているつぐみは、心の底から不思議そうだった。

奇跡、奇跡、と繰り返されて、彼方は憮然《ぶぜん》とした。

考えたら、危うく火葬されてしまうところだったのだ。

殺人未遂だ。

悪気はなさそうだったが、この童顔のとぼけた従姉は、かなり思い込みが激しいのかもしれない。ずっと村の中だけで生活しているせいか、どこか浮き世離れしていて、子供っぽい無邪気さが残っているようだった。

一階に降りると、つぐみは渡り廊下のほうを指で示した。

「本館のロビーは、ここを渡りきったところだから」

「おー、ひろい中庭があるぞー」

「本当に、ぜーんぜん覚えてないのねー」

つぐみが呆《あき》れたように笑った。

「じゃあ、私は火葬場と彼方ちゃんのご両親に電話してくるわね」

「……よろしく」

「先にお寿司食べてていいわよー」

生きてても死んでても忙しいわー、と楽しそうに小走りで去っていった。

彼方はひょいと肩をすくめ、ぺたぺたとスリッパを鳴らして歩きだした。

外には冬景色がひろがっていた。

屋根のついた渡り廊下は、池をかこむようにしてカクカクと折れ曲がっている。

雪はやんでいたが、木も庭石も、みんな白い帽子をかぶっていた。

太陽光が乱反射して、世界はきらきらと輝いていた。


「う～、寒かった。さて、寿司、寿司っと」

本館に入ると、寒気から解放されてホッとした。

和風の木造建築で、落ちついた内装だった。さすがに別館より年季を感じるが、手入れが行き届いているのか、くたびれた感じはしなかった。

受付があり、客用のソファと大型ＴＶが設置されている。

玄関口に幾段もすし桶が積み上げられていた。

「お、特上だっ」

酢の匂いを嗅《か》いだだけで、ぐるる、と腹が鳴った。

足がふらつくのは、たぶん血が足りないせいだ。

ぽいっ、とタマゴを口に放り込んだ。

シャリの甘みが口いっぱいにひろがった。

「う……美味《うま》い……くぅぅ、生きててよかった」

じわっ、と目尻に涙がにじんだ。

次は海老《えび》を、と手を伸ばした。

「——ごめんなさい、つぐみさん、遅くなってっ」

黒い喪服を着たショートカットの女性が、息急《せ》き切って飛び込んできた。

「あの、彼方くんのことは、なんというか、あまり気落ちしないで、また新しい子供を作れば……や、やだ、あたしも混乱して、なに言ってるのかしら、もうっ。そうだ。れ、霊柩車《れいきゅうしゃ》、もう火葬場へ出ちゃった？　あと、すぐに澄乃《すみの》もくるから、手伝うことがあったら遠慮なく——え？」

そこまで一気にまくしたてて、喪服の女性は、話しかけている相手が若女将ではないことに気づいたらしい。

どうやら、葬儀を手伝いにきた、つぐみの知りあいらしい。

なのに、火葬されるはずの本人がのうのうと寿司を食っている。どこが悪いとはっきりは指摘できないが、なんとなく、これがよくないことであることぐらい彼方にも想像がついた。

「あ……ご苦労様です」

海老を指につまんだまま、つい間抜けな挨拶《あいさつ》をしてしまった。

快活そうな女性の顔が一転して恐怖に染まった。

ホラー映画ばりの劇的な変化だ。

「きゃあああぁぁぁぁあぁぁぁぁっ」

やはり嬉しくない悲鳴を放って、旅館から逃げだしてしまった。

「ま、待ってくださいっ。その、俺は――」

この誤解を放っておくわけにはいかない。

狭い村だ。

幽霊が出る旅館なんて噂《うわさ》でも流されたら、バイトを雇うどころか、この先の経営すら危うくなってしまう。

彼方は、スリッパのまま女性を追いかけた。


サイボーグのようにぎくしゃくして走りづらかった。

「まいったな……こりゃ」

足腰が鍛えられているのか、田舎の人は足がはやい。

すでにどこにも姿が見えなかった。

「戻って、つぐみさんに言っておいたほうがいいな」

それほど走っていないのに、もう息が上がってしまった。

身体が鈍っている証拠だ。

なんとなく、彼方は初めて旅館の外を眺めた。

山々がぽこぽこと峰を重ねている。農閑期の田畑も、未舗装らしい小道も、どこもかしこも、真っ白な雪で化粧されていた。伊達《だて》や酔狂ではなく、本気で万年雪に覆われている村の情景だった。

「おー、なかなか……お？」

道のむこうから、誰かがトボトボと歩いてきた。

長い黒髪の少女だった。ぶかぶかのベレー帽をかぶり、雪の精かと思うほど真っ白な、ワンピースタイプの外套《がいとう》を着ている。

雪国の住人らしく大きなブーツをはいているが、果てしなくスローモーなペースで、ふにゃふにゃ、よろよろ、と歩き方が頼りなかった。

ちゃんと前を見ているのかわからない危うさがあった。

よほど大事なものなのか、白くて丸い物体を両手で保持している。

いまにも転びそうで、うかつに目が離せない。風邪を引きそうな寒気の中で、つい少女が近づいてくるまで見守ってしまった。

彼方のところまで、あと数メートルに縮まったとき——。

「あ…っ」

「えうぅぅっ」

ころん、と少女はひっくり返った。

なにもない場所だった。雪につまずいたとしか考えられない。

ぽーん、と手に持っていた物体も雪の上に落としてしまった。

「お、お葬式、遅れそうだし〜、え、えうっ……最後の、あんまん、落とすし〜……彼方ちゃんは、死んらったし〜」

言葉に脈絡がなく、内容も錯乱している。

少女は座り込んだまま動かなかった。

とくに怪我《けが》はないようだった。足でもくじいたのか、えぐっ、えぐっ、と華奢《きゃしゃ》な肩を震わせて泣いているようだった。

手を貸すべきかどうか、彼方はためらった。

泣きじゃくる少女の相手は慣れていない。

しかも初対面だ。

第一、自分への弔問客にどう声をかけていいのか――。

とりあえず、少女が落としたあんまんを拾い上げた。

「お葬式、死んじゃうし～、最後の、あんまん……お葬式で……彼方ちゃん……遅れて……死んらって……えうぅぅぅっ。彼方ぢゃぁぁぁんっ。えう～、えう～、彼方ぢゃんがっ、死んらったよぉぉぉおっ」

縁起でもないことを大音量で連呼しはじめた。

放置するわけにはいかなかった。

「あ、あのぉ…」

声をかけたが、存在に気づいてもらえない。

少女は、ぷうっ、と拗《す》ねたように真っ赤な頬《ほお》を膨らませ、自分でもどうしていいのかわからない感情を持て余して、ぶんぶんと両腕をふりまわしはじめた。

じわ、と盛り上がる大粒の涙を見て、う…、と彼方はひるんだ。

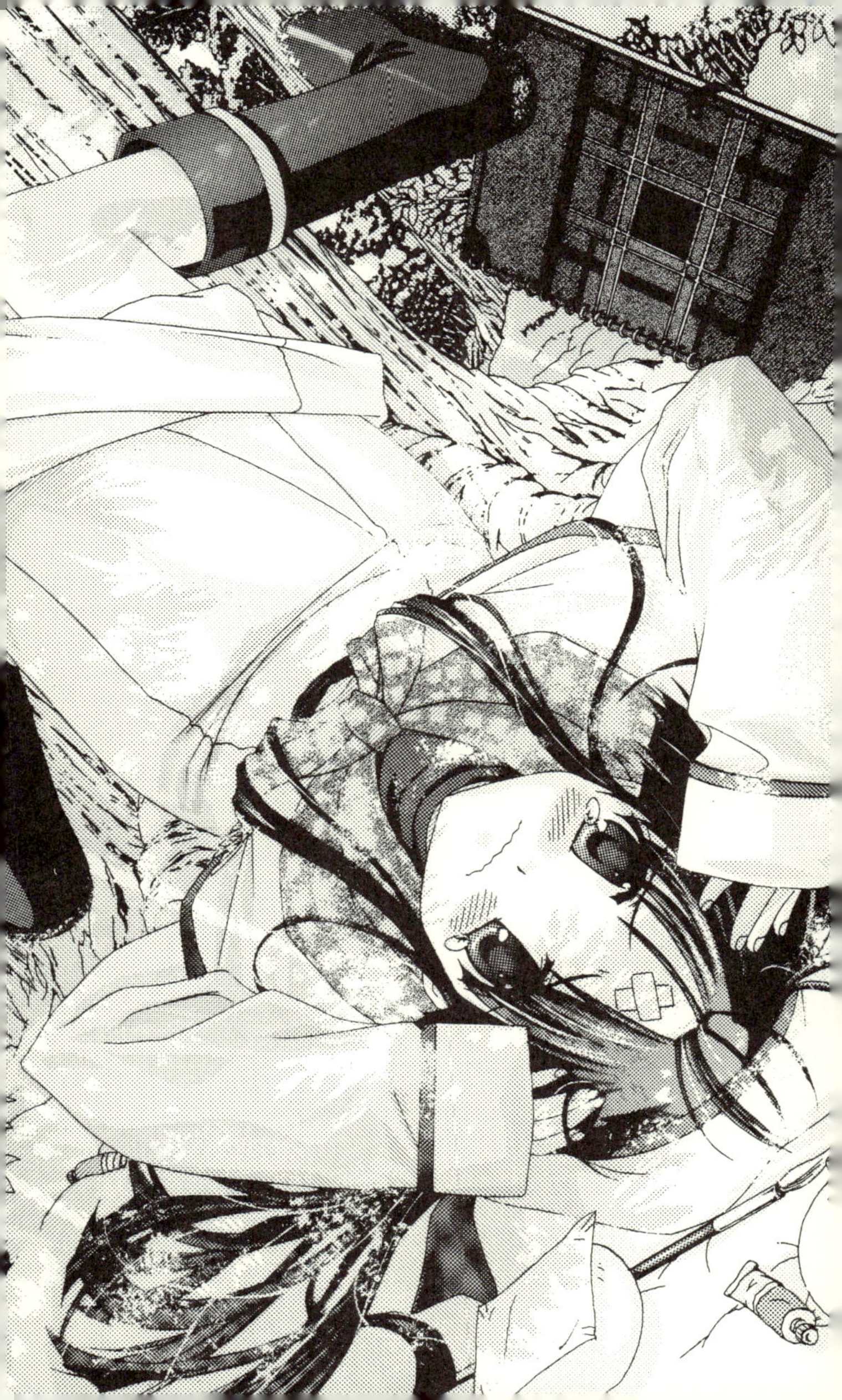

「も、もう……お葬式、いかないもんっ！」

「は？」

ぐしぐしと袖《そで》で涙をぬぐい、むーん、と少女は立ち上がった。

旅館の手前まできておいて、引き返すつもりらしい。

「死んでなんか、もう、いないもんっ！」

言葉の意味が、いまいち理解できない。

「えっと……そのぉ」

「えぅ、わたしも、死んじゃうもん～～っ。か、彼方ぢゃんが、いない世界なんて、考えられないもん～～っ」

放っておいたら、この場で実行しそうな勢いだった。

「お、落ちつけ、こらっ」

「……え、えぅ？」

「俺なら生きてるから、落ちつけっ」

きょとん、と少女が見上げてきた。

「…………」

「…………」

見つめあうこと、数十秒——。

「ひゃううううううっ」

脅《おび》えた表情で少女がのけ反った。

「な、なんだよ？」

「み、みみみみ、ミイラの幽霊さん～～っ」

「へ？」

ようやく、彼方は自分の格好に気づいた。

やけに白い浴衣だとは思っていたが、棺桶には死装束で入るものだ。しかも、ご丁寧に三角布まで額につけている。

頭といい、身体といい、足といい、ぐるぐると全身に包帯がまかれているから、ロビーで会った女性が逃げるのもムリはなかった。

どおりで動きにくかったはずだ。

意識不明から回復したばかりで、鏡で確認しなかったのが敗因だ。

「……つぐみさんも、教えてくれればよかったのに」

「あわ、あわ、あわわわわわわ」

少女はひっくり返ったまま、じたばたと逃げようとしている。

「ちょ、ちょょっと待ってなよ」

彼方は、慌てて顔の包帯を外した。

「わ…」

「な？　『人喰《ひとく》いゾンビ』でも『怪奇ミイラ男』でもないから安心しろ。俺は出雲彼方ってんだよ。さっき、俺が死んだとか、なんとか言ってたけど――」

「ゆ、ゆゆゆゆ、幽霊さんっ？」

「事故にあったのは本当なんだが、死んじゃいない。生きてるぞ」

「えぅぅ？　……幽霊さんじゃないの？」

「ほらほら、足、足」

じぃいいいっ、と食い入るようにスリッパをはいた足を見つめ、やっと少女は納得したようだった。

これで泣きやむかな、と彼方が期待すると――。

「彼方ちゃあぁぁぁぁぁぁぁぁぁんっ」

「うおぉぉっ？」

ぐわばっ、と少女が抱きついてきた。

「え、えぐぅっ。よ、よかったよ、よかったよぉぉぉっ」

出会ったばかりだというのに、熱烈な歓迎だった。

「あ、ありがとう…」

当惑して、ぽりぽり、と彼方は頭をかいた。

「わたし、雪月澄乃だよっ」

いきなり身体を離し、少女が自己紹介してきた。

大きな瞳《ひとみ》にキラキラとお星さまが泳いでいた。

「え？　あ、ああ……よろしく」

たしか、逃げだした喪服の女性も『すぐに澄乃もくるから――』と言っていた。

ということは、彼女もつぐみの知りあいということだった。

「あれ？」

「なに？」

「澄乃だよ？」

「ああ…」

「澄乃っち」

「っち？」

「澄乃って、呼んでいいんだよっ？」

「そんなこと、急に言われても困る」

「えぅぅぅぅっ」

別のリアクションを期待していたのか、えぅ…、と少女はしゃがみ込み、なぜか雪の上に『の』の字を書きはじめた。

今度はなにを思いだしたのか、ハッと顔を上げた。

「あっ、そういえば…」

急にきょろきょろと見まわしはじめた。

「あんまんっ、あんまんまんんーっ」

「ああ、これか？」

拾ったあんまんを差しだすと、えうーっ、と花が咲いたような笑顔になった。

「えう〜、えう〜」

彼方からうやうやしく受けとり、あんまんを慈しむように手のひらで撫《な》でている。

特徴的な口癖といい、コロコロ変わる多彩な表情といい、予想できる実年齢よりもかなり幼げだ。ちょっと過去に遭遇したことのないタイプだった。

少しだけ、彼方は呆れた。

澄乃と名乗った少女は落ちて汚れたあんまんの皮を、ぺろん、と器用に剥いてキレイな部分を露出させた。

どうする気だ、と見ていると——。

「あ…っ」

ぱくっ、とかぶりついた。

「えう〜。冷えてても、おいしいよ〜」

にこーっ、と幸せそうに澄乃は笑った。

「そ、そうだな…」

脱力感が、どっかんどっかんと彼方の肩にのしかかってきた。


岩で囲まれた贅沢《ぜいたく》な湯船。ほのかな硫黄《いおう》の匂い。

こんこんと湧《わ》きでる天然の温泉だ。

「うおー、生き返る生き返る」

洗い場で湯を浴びてからゆっくり身を浸すと、縮こまった毛穴が開いて凍えた身体がみるみる温まっていく。

本気で生き返った気分だった。

ようやく旅館に戻るや、葬式の片づけで忙しそうなつぐみにすすめられて、龍神天守閣自慢の露天風呂《ろてんぶろ》を試すことにしたのだ。白装束は脱衣所で脱ぎ、大げさな包帯もぺりぺり剥《は》がしてカゴに投げ入れてある。

見える雪景色は、まさに絶景だった。

今日は泊まり客が入っていないらしい。

貸切り状態のひろい湯船で、うーん、と手足を伸ばした。

「いてて…」

まだ治りきっていない傷に湯がしみた。

「まったく、ひどいめにあったよなぁ」

つぐみによれば、すでに彼方の両親は家を出発していたが、携帯電話にかけて駅のプラットホームで捕まえることができたらしい。息子《むすこ》が生きていたという吉報よりも、温泉に入れなかったことを残念がっていたようだった。

気分は新婚旅行だ。

薄情な親たちを恨みたくなったが、どんな嫌味が返ってくるかわからないから、彼方も自分から電話するつもりはなかった。

「うー、かゆかゆ」

包帯が覆っていた部分がチクチクと痒《かゆ》い。両手の爪《つめ》でボリボリと力いっぱいかきむしると、くー、と声が漏れるほどの快感があった。

頑丈なのか、単に運がよかったのか――。

派手な落石事故だったというわりに、もう治りかけているようだった。

死人扱いには納得できなかったが、つまりは、刺激の少ない田舎にありがちな空騒ぎだったのだろう。

思ったより体調がいい。すぐにでも仕事をはじめられそうだった。

到着したとき身につけていた服は、もう着られないほどズタボロになっていて、つぐみが捨ててしまったらしい。

彼方が一番がっくりきたのは、コートのポケットに入れておいた財布を事故のときに落としてしまったことだった。

しかし、どうせ身軽なフリーター稼業だ。

旅館で寝泊まりするかぎり食事はついてくるだろうし、そもそもムダ遣いできる場所すらなさそうだった。

「さて、予定通り、雪国でのバイト生活でも楽しむかーっ」

気持ちのいい温泉に、美味《おい》しい郷土料理。

ちょっと変わってるが、可愛《かわい》い女の子とも知りあいになれた。

悪いことばかりではない。

「そういえば、俺のこと知ってたみたいだけど……前に会ったのか？」

澄乃のことを考えたが、やっぱり昔のことになると記憶があいまいだ。

これも事故の後遺症かもしれない。

「うーん…」

のぼせそうになり、彼方は湯船から上がった。

こんなところで悩まなくても、直接、本人に訊《たず》ねてみればいいことだ。

空をあおぐと、ちら、と雪が舞い落ちてきた。


翌朝は快晴だった。

しゃっ、とカーテンを開ければ一面の銀世界だ。

「まぶしい…」

泊まった部屋は例の葬式会場だったが、縁起でもない棺桶はもちろん幕や花輪もキレイに片づけられている。だからというわけでもないが、彼方は安心して熟睡することができた。

空腹とあいまって、膝が震えるほど寒い。

布団を押し入れにしまい、ついでに発見したハンテンをはおる。コタツのスイッチを入れ、猫のように背中を丸めて潜り込んだ。

「う～、寒っ」

「彼方ちゃん、起きたー？　ご飯よー」

つぐみがわざわざ朝食を運んできてくれた。

昨日は寿司三昧《ざんまい》だったから、初めて食べる若女将の手料理だ。

内容は素朴だったが、さすが老舗を名乗るだけあって味は抜群だった。炊き上げられたお米が一粒一粒宝石のように輝いている。アジのひらきが香ばしく、ぐぅ、と食欲をそそってくれた。

ハグハグとかっ込み、ずずー、みそ汁をすすった。

「うー、身体が温まるぅ」

「そうねー。今日は暖かいから」

さらりと言われ、彼方は驚いた。

「え？　そうなのか？」

「あらあら。彼方ちゃん、そんなに寒いの？」

「もー、盛大に」

「あらあらー。寒がり屋さんね」

「地元の人は慣れてるんだろうけど、俺にはこたえるよ」

「先が思いやられるわねー。寒さは、これからが本番よー」

「は、はぁ？」

「ここ、万年雪だから、真夏でも雪が降るしー」

「いくら万年雪たって、限度ってものがあるだろう？」

「大昔は、そうでもなかったらしいけどー」

「い、いつの時代だよ…」

「とにかく、大昔からそうなのよー」

マイペースな口調だが、からかわれているわけでもなさそうだった。

つまり、彼方の苦手な雪が、本気で一年中降りつづけるのだ。

考えただけでもうんざりしてきた。

出会った女性が残らず色白で餅肌《もちはだ》なのは、この環境に秘密があるのかもしれない。

「じゃあ、夏に海とかプールとかって――」

「そーなのよー。ないのよー」

とくに残念そうでもなく頷《うなず》き、つぐみは、彼方の茶わんにお代わりを盛りつけた。

「そんなわけで、この寒さはまだまだつづくのよ」

「うーん…」

「がんばって生き抜いてねー」

つぐみは嬉しそうに言い切った。


バイト開始は、もう少し養生してからということで――。

朝食を終えると、彼方は村の散策と決め込んだ。

なにしろ十年ぶりの村だった。

懐かしい、というより、ほとんど覚えていない。

まずは土地勘を身につける必要があった。

「彼方ちゃん。あんまり遠くにいっちゃダメよー」

「わかってるって」

今日は分厚いコートと防水ブーツを借りての完全武装だ。

つぐみからおおざっぱにレクチャーされ、ひとまず龍神の社《やしろ》というところへいってみることにした。病み上がりだから遠出はできず、手軽に往復できる名所といったら、そのくらいしかなかったのだ。

山沿いに歩いていくと、小高いところにある神社が見えてきた。

「……こりゃ、境内につくまでが大変だな」

緋色《ひいろ》の鳥居にまたがれて、ふんぞり返るようにして石段が伸びている。数える気にもならないが、一〇〇段はないにしても、八〇段は楽々とありそうだ。雪で足でも滑らせたら、下まで転げ落ちて痛いだろうな、と思った。

宗教や歴史に興味はないし、寺社仏閣マニアでもないから、神社への感想といえばそのくらいだった。

すみやかに境内までいく気をなくしていた。

さて、どこへいくべきか、と首をひねった。

旅館でコタツと親睦《しんぼく》を深める手もあるが、それでは散歩の意味がない。

見まわすと、脇に、山のあいだを抜けていく峠道があった。

「ん？」

その辻《つじ》に、重そうな本をかかえた少女がいた。

なぜ今まで気づかなかったのか、驚くほど距離が近い。

顔はポーカーフェイスに近いが、怒っているような、睨んでいるような——とにかく鋭い目付きではっきりと彼方を見つめていた。

「……生き返ったのか？」

少女は、ぼそ、と独り言のように呟いた。

跳ねまくるセミショートの茶髪を黒い布で押さえ、頭の片方でリボンのようにむすんでいる。スレンダーな身体にプルオーバーをまとい、幅広のマフラーを首にまき、晴れているとはいえ、この寒空にスパッツをはいていた。

性格をあらわしているのか、個性的なファッションだ。

「落石事故で死んだはずだろ」

「は？」

「なんで生きているんだ、きさま？」

「なにを、いったい…？」

妙な少女は、彼方の上から下までをジロジロと眺めまわし、なにやら得心がいったのか、そうか、そうか、と何度も一人で頷いた。

「命が助かってよかったな。澄乃のおかげだぞ。感謝するんだな」

なにをどう感謝していいのか理解不能だった。

おまけに、思いっきり態度が大上段だ。

「おまえ、澄乃の――」

「そう。子供だ」

「えぇっ？」

少女に真顔で応えられ、彼方は素直に驚いてしまった。

次の瞬間、がつっ、と分厚い本で横っ面をはたかれた。

「…ぐっ」

「うつけ者っ。そんなわけあるかーっ」

「つつ……な、なんで殴るんだよっ」

やれやれ、と妙な少女は首をふった。

「本気にするな。まったく、失礼な…」

「お、おまえが失礼だろ」

「女優にふざけた口をきくな、この下郎っ」

鋭いスイングで、また本の角がこめかみをヒットした。

ぐらり、と彼方の長身がゆれた。

いきなり主導権を奪われ、見知らぬ少女に殴られまくっている。

わからない。まったく、わけがわからない。

痛みと理不尽さで目尻に涙がにじんだ。

「い……いい加減にしろっ。おまえ、本当に澄乃の知りあいなのか？」

「左様——」

謎《なぞ》の少女は、ひらり、と軽やかに跳んだ。

とん、と道祖神の上に降り、気の抜けた声で見得をきった。

「ホラ吹き十兵衛、参上〜」

澄乃以上によくわからない相手だ。

唖然《あぜん》として、彼方は追及の声を失った。もしかしたら、関《かかわ》ってはいけない人物と接触してしまったのか。ミネソタへミステリサークルを作りにいこうと誘われる前に逃げたほうがいいのかもしれない。

そろり、と彼方が離れかけたとき——。

「ええぇぇぇ〜、ううぅぅぅぅ〜っ」

聞き覚えのある声が、坂道の上から降ってきた。

涼やかな目を細め、少女はふり返った。

「お、きたか？」

「あ…」

彼方も目撃してしまった。

紙袋に入ったあんまんと競走するように、凍った坂道を滑降してくる澄乃を。

お尻を軸に、緩慢な回転をしながら——。

「えええぇぇぇぇ〜っ、うううぅぅぅぅ〜っ、ひゃうううううぅぅぅ〜っ」

楽しそうに聞こえなくもない悲鳴だった。

「お、おいおい……っ」

なぜか奇妙な懐かしさが、ずくん、と胸の奥を疼《うず》かせた。

彼方は、とっさに受け止める体勢をとっていた。反射的に、というよりも、本能がそうしなければいけないと命じたのだ。

その腰に、どすっ、と少女の蹴《け》りが入った。

「ていっ」

「お、おわぁぁっ」

前のめりに倒れたところへ、最悪のタイミングで澄乃が落ちてきた。

長い坂道で加速のついたお尻が、全体重を乗せて後頭部に衝突して、ぐきっ、と脊椎《せきつい》が嫌な音をたてて軋《きし》んだ。

「大丈夫か、二人とも？」

とってつけたように、少女が声をかけた。

「い……ててて……お、おまえが押したんだろうがぁぁぁっ」

「あたりまえだ。押さなければ、私が巻き込まれていたかもしれないじゃないか？」

「いや、だからって…」

曲がった首を必死に戻そうとしている彼方の抗議は、あっさりスルーされた。

少女は、すりすりとお尻をなでている澄乃に手を貸した。

「遅いぞ、澄乃」

「ごめ～ん、お待たせ～だよ～。ふにゃら……あ、頭、ぐわんぐわんするよ～」

彼方は紙袋を拾い、なんとか立ち上がった澄乃へ手渡してやった。

「ほら、落としたあんまん」

「えうっ、ありがとうだよ～っ」

「へいへい」

「あれ？　どうして彼方ちゃんがここにいるの～？」

「気づくのが遅いっ」

「えうー、彼方ちゃんちにいこうとしてたんだよ。ねっ、芽依子《めいこ》」

芽依子と呼ばれた少女は、こく、と素直に頷いた。

「彼方さんとは偶然会ったばかりで、まだあの話はしていないんだが」

「そうなの～？　あのね～、彼方ちゃんの快復を祝って、今から、わたしんちでお菓子作るんだよ～。それで、できたお菓子を、届けようと思ったの～」

「は？」

話が見えるような、見えないような、微妙なところだった。

「えっと……ところで、二人の関係は？」

「禁断の恋人」

「なにぃぃ？」

「同級生のお友達だよ～。あのね、芽依子はね、橘芽依子って言ってね～。お医者さんの娘なんだよ～。彼方ちゃんを診《み》てくれたのは芽依子なんだよ～」

「じつは娘でもないんだがな。……息子？」

「誰が信じるかっ。ま、待て。つまり、それって…」

彼方が死んだと誤診した張本人ということだった。

しかも、正規の医者ではない。狂気の素人判断だ。

「えと。芽依子のお父さん、往診でいなかったんだよね？　それで、とりあえず、応急手当なら芽依子もできるから～」

「まぁ、キサマごときに親を呼ぶまでもないって感じ？」

「な、なんだとぉぉ？」

「それに、私が診たときには、すでに立派な屍体《したい》だったしな」

「生きてるってっ」

一発ぐらい殴り返してもいいのかもしれない、と彼方は思った。

その気勢を削《そ》ぐタイミングで、にへら、と澄乃が笑いかけてきた。

「彼方ちゃんの、今日の予定はなにかな〜」

「え？　予定は……ないけど」

「じゃあ、わたしの家で、お菓子食べるよ〜」

「そうだな。積もる話も山ほどあることだしな」

「ほとんど初対面だろーがっ」

芽依子の双眸《そうぼう》が、ぎらっ、と不吉な光を放った。

「なぁに、冥途《めいど》の土産話ということもある」

「……怖いこと言うなよ、おまえ」

「しゅっぱ〜つっ、だよ〜」

奇妙な組みあわせで、ぞろぞろと澄乃の家へむかうことになった。

澄乃の家は、村で唯一の雑貨店を営んでいるらしい。

「澄乃、お帰りなさーい。彼方くん、芽依子ちゃん、いらっしゃーい」

快活な声が三人を迎えてくれた。

この店のオーナーであり、澄乃の母親であり、つぐみの友人でもある雪月小夜里《さより》という未亡人だった。夫を失くしてから、ずっと女手一人で店を切り盛りしてきただけあって、明るい逞《たくま》しさを感じさせる。

昨日、彼方の死装束姿を目撃して逃げだした喪服の女性だった。

「彼方くん、昨日はごめんなさいね。あんな格好してるから……てっきり幽霊かと」

「い、いいえ、こちらこそ…」

彼方は、逆に恐縮してしまった。

澄乃と同じようによく覚えてなかった人から親しげにされるのは、妙に申し訳なくて後ろめたい気分だった。

「じゃあ、ここで彼方ちゃんは待っててね～」

「あ、ああ」

小夜里と澄乃は、お菓子を作るために店の奥へ消えていった。

「くくく……逃げるでないぞ」

無気味な余韻を残し、芽依子もいなくなった。

澄乃、友達は選んだほうがいいぞ…、と彼方はこっそり思った。

店番をまかされ、店内を見まわした。

古い木造民家を改造したような店だった。野菜やパンや干物、その他の生活必需品が雑然と並べられ、雑誌や駄菓子なども一揃《ひとそろ》い置いてある。澄乃の好物、あんまんも保温機にちゃんと入っていた。

「なんとなく、ぼんやりと……いや、だめか。やっぱり思いだせない」

つぐみの話によれば、十年前の彼方は、この雑貨店にわが物顔で入り浸っていたということだった。言われてみれば、駄菓子屋を兼ねた雑貨店は、子供にとって絶好の遊び場だったのだろう。

当然のように、小夜里は彼方のことを覚えていた。

だから、『彼方くん』——なのだ。

そして、澄乃とは店の中や外でいつも遊んでいた。

だから、『彼方ちゃん』——なのだ。

雪国の情緒がそうさせるのか、柄にもなく感傷に浸ってしまった。

「……で、さっきのつづきだが」

「うおっ？」

お菓子作りを手伝っているはずの芽依子が、刺客のように背後へ忍び寄っていた。

「彼方さんが助かったのは、澄乃のおかげなんだ」

「な、なんだって？　どういうことだよ、それ？」

「村に龍神の社という神社があるのを知っているか？」

「それは知ってるけど…」

「あそこには、人の願いが本当に叶《かな》うという言い伝えがあってな」

「あ、ああ…」

「落石事故に遭った日……澄乃はあそこで、お百度参りをしているのだ。彼方さんが助かるよう、一心不乱に願ったんだぞ」

神頼みによって彼方は死なずにすんだ、と言いたいらしい。

「なにを真顔で——」

思わず苦笑しかけたとき、ひた、と静かな瞳に見据えられた。

悲しみにも似た、不思議な威圧感があった。

「いいか？　彼方さんは助かるはずのない状態だった。誰が見ても、あきらかにそうだったんだ。身体中がボロボロで、血も失いすぎていた。それが、今はどうだ？　傷跡すら残っていないじゃないか」

「……」

「澄乃の願いが叶ったかどうかは、私にもわからないが……彼方さんが、奇跡に近い形で助かったことは事実なんだ」

たしかに、つぐみさえ、彼方が死んだことを疑わなかったのだ。いくら思い込みが激しいからといって、身内が真っ先に諦めるはずがない。

冷静に考えれば考えるほど、芽依子が説明した通り、こんなにはやく回復するには不自然なほどの大事故だったのだろう。

だが、一人の少女が祈っただけで、実際にそんなことが起こるわけがない。

ただの偶然だ。

ただの奇跡だ。

ただの——。

「澄乃は、ふたたび彼方さんが村にくることを、ずっと夢見ていた。十年ぶりに、ようやく再会できると喜んでたんだ。なのに、あの落石事故だ」

澄乃が祈ってくれたから。

一心不乱に願ってくれたから——。

だから、彼方は助かったのか。

「芽依子……俺は」

「芽依子様と呼べ」

「はぁぁっ？」

すっ、と芽依子は立ち上がり、尊大な目で彼方を見下した。

「なんだ、その態度は？　大切なことを教えてやったんだぞ？　一生、私に感謝してもいいくらいだ。いや、いっそ忠誠を誓うがいい。そうとも。たった今から、貴様は私の下僕だっ」

「なんでそうなるんだよっ」

「私が芽依子様だからに決まっとるだろーが」

奇跡はともかくとして、澄乃の純粋な想《おも》いには感謝していた。

こうして教えられなければ、なにも知らないまま過ごすところだった。

が、そこまでの恩を強要される義理はない。

「い、いい加減にしろっ」

「下僕のくせに生意気だぞっ」

「ぐ…っ」

ごつっ、とまた凶器のような本で殴られ、頭がクラクラした。

「なにも殴るこたぁねぇ……おごっ」

「ふははは、芽依子さんと呼べ！　呼んだら許してやろう！」

ごんっ、ごんっ、と本で連打する芽依子の双眸は、すごく楽しげに輝いていた。自分にはそうする権利があると完全に信じきり、彼方のことを我に神が与えたもうたオモチャだと認識しているようだった。

「ま、待て……し、死ぬぅ」

ここまでされて、なぜ逆らえないのか自分でも不思議だった。

「芽依子ぉ～、お芋どこぉ～？」

「命拾いしたようだな」

台所のほうから澄乃の足音が聞こえ、ようやく虐待はやんだ。

「まあ、今日はこのくらいにしておいてやろうか。そのうち、じっくりと調教する機会もあるだろうからな」

「お、おまえに、そこまで恨まれるようなことを俺がしたのかーっ」

「——した」

「い、いつだよ？」

「前世で」

最初から最後まで、からかわれっぱなしだ。

「こ、こ、こ、この……っ」

「さぁて、私も手伝ってくるか」

怒りが爆発する前に、芽依子は忍者のように消えてしまった。

天敵――という言葉がふいに彼方の脳裏をよぎった。

「天気がいいから、お外で食べよ〜う」

澄乃の提案で、店の外にベンチを引っぱりだすことになった。

完成したお菓子といえば――。

澄乃発明の紅芋《べにいも》まん。芽依子謹製の芋羊羹《いもようかん》。そして、定番の石焼き芋は小夜里さんの職人技で作られたものだ。

まさに芋づくしだった。

穏やかな冬の陽射《ひざ》しを浴び、ゆるやかに冷たい風が頬をなでる屋外で食べる芋菓子は、それぞれに個性的で美味しかった。

途中で、芽依子は親の手伝いがあるからと帰っていった。

歓待してくれた雪月親子にお礼を言って、彼方も辞去

した。

「彼方ちゃんっ」

「うん？」

「……お帰りなさい、だよ」

「あ、ああ」

澄乃は、彼方の姿が見えなくなるまで手をふっていた。

いつまでも——。

元気いっぱいに手をふっていた。

昔、どれほど遊んでやったのか知らないが、なぜこんなに澄乃が懐いてくるのか、彼方は不思議だった。

もちろん、澄乃は可愛い女の子だった。ちょっと変わっているが、あれほどピュアな少女を都会では見たことがないし、芽依子に比べればよけい天使に見えてくる。好かれて悪い気分のはずがない。

彼方のことを覚えてくれて、ずっと待っていてくれた。

お百度参りまで、恋人でもない男のためにやってくれたのだ。

ひたむきで純粋な想いがなければできないことだった。

でも——遠くない未来に、彼は村を出ていく人間だ。

温泉とバイトの日々に飽きれば、それまでなのだ。

情が移れば別れが辛《つら》くなってしまうし、澄乃だって寂しいはずだった。

だからこそ、彼方は気が重かった。

たとえ薄情だと思われても、一定の距離を保って接しておいたほうがいいのかもしれない。よけいな期待はさせないほうがいい。

旅館に戻る道すがら、彼方はそんなことを考えていた。

「お、なんだなんだ……あちゃー」

峠道を下っていく途中で、彼方は事故現場にでくわした。

凍結したカーブを曲がりきれなかったのか、ワンボックスカーが茂みの中に突っ込んでいる。道は曲がりくねり、かなり勾配《こうばい》もきつい。突っ込んだ角度から判断すると、坂を上ろうとしてハンドルかブレーキの操作を誤ったらしい。

「あたた……参った、参った。またやっちゃったなー」

べこ、と車のドアが開き、中から男性が脱出してきた。

「だいじょうぶですか？」

彼方は、道の凍結をたしかめながら駆け寄った。

おや、と男性はふり返った。ぼさぼさの髪。不精髭《ぶしょうひげ》。目元が優しげで、度の強そうな眼鏡が愛敬たっぷりだ。身長は彼方に劣らず高かったし、体格も意外とがっちりしているようだった。

「君は？」

「通りすがりの者ですけど」

「そうかね。いや、私のことならだいじょうぶ。このとおり怪我はないし、これでも医者だから心配は無用だよ。いやいやいやー、それにしても参ったよ。鹿《しか》が飛びだしてきちゃってねー、慌てて避けたら、この有様だよ。いや、参った、参った」

あっはっはっ、と男性は朗らかに笑った。

なるほど。たしかに白衣を着ている。首に下がっているのは聴診器だ。きっと、往診の帰りなのだろう。

「君、家はこの近くかい？　どうも村の人間ではないようだけど…」

そう訊きながら、男は車内に片足を突っ込んでアクセルを踏み、キーをひねった。

ぶぶぶ、ぶぼっ、とエンジンが再始動した。

ボディの前は凹《へこ》んでいるが、このまま自走できそうだった。

「俺、旅館に住んでるんですよ。従姉がそこにいて、バイトにきたんです」

「ん？」

柔和な目元が、驚いたように見開かれた。

「まさか、君……彼方くんかい？」

「え？　俺の名前を知っていて、医者……ということは」

「あー、君かぁ」

「あんたですかっ」

「生き返ったのはぁ」

「勝手に俺を殺した娘の親はっ」

はっはっはっは、と男は照れたように笑った。

「笑い事じゃないですよっ」

「いやー、自己紹介が遅れたね。私は橘誠史郎《せいしろう》。その様子だと、もう娘には会ったようだね？　そうかい、そうかい。とにかく乗りたまえ。お近づきのしるしに送っていくよ。さあさあさあ」

「で、でも、逆方向ですよ？」

「なに、かまわないよ！」

誠史郎は、なにげに嫌がっている彼方を、半ば拉致《らち》するように助手席へ引っぱり込んだ。

「じゃあ、しゅっぱーつ」

狭い道だから、いったん坂を上りきったところでUターンするのかと思ったら、いきなり物凄《ものすご》い勢いでバックを開始した。

「ちょ、ちょっと…っ」

後ろむきのまま、ブレーキも踏まずにワンボックスが下っていく。ぞわわっ、と彼方の背骨が凍りついた。レールのないジェットコースターが逆走したら、この恐怖感に近いかもしれない。

「滑ってる、滑ってるーっ。前と後ろ、な、斜めーっ」

「なぁに、安心したまえ。これでも車の運転にかけては自信があるんだ。《龍神村のカンクネン》とは私のことだよーっ」

「ひゃ、た、助けてええぇぇえぇぇぇ～っ！」

事故では死にかけるし、出会うのは変人ばかりだし、雪国の生活に飽きるより先に神経がクラッシュしてしまいそうだった。

彼方にとって、龍神村は鬼門だったのかもしれない。

――帰りの電車代を稼いだら逃げだそう。

助手席で氷像となり、そう決心していた。


旅館へ着くと、彼方は食事も摂《と》らずに寝込んでしまった。

気絶するような眠りだった。
そして――ある夢を見たのだ。

『彼方ちゃん。あんまり遠くにいっちゃダメよー』

これは、つぐみの声だろうか――。

わかってるよ、と彼方は応えていた。

彼を連れてきた両親は、もう三日も温泉に入り浸っている。泳げるほどひろい露天風呂も、ずんずんと降り積もる雪も、最初は珍しかったが、もう飽きてしまった。

つまらない。

どこも雪ばかりで、旅館にはゲームもないし、刺激的な遊び場所もない。はやく帰りたかった。寒いのは嫌いだし、退屈なのはもっと嫌いだった。

『あぁぁぁーん、えぐ、えぅぅ』

誰かが泣いていた。

フード付きの白いコートをはおった女の子だった。

神社へいく途中で、坂上からくるくると転がり落ちてきたのだ。

そうそう、ああやって回転してたよな、と彼方はぼんやり思いだしていた。

痛くて泣いてるわけじゃない、と知っていた。

あんまんを地面に落としたから泣いているのだ。

いくら好きなものだからって、また買えばいいのに、と思った。

すごく悲しそうに泣いているから、なんとかしてあげたかった。でも、彼方のポケットにお金はなかった。

女の子が泣くのは嫌だった。

笑っていたほうがいい。

こんなに可愛くて、笑顔が似合いそうなのに——。

『そうだ……ちょっと待ってろよ』

彼方は、拾ったあんまんの皮をむき、汚れたところだけを捨てた。

『ほら、これで食べられるぞ』

女の子は、じー、と泣き濡《ぬ》れた瞳で彼方を見つめていた。

差しだすと、あむ、と一口食べた。

『おいしいよ〜』

にこー、と女の子は笑った。

想像以上に可愛い笑顔で、彼方も嬉しくなった。

『あんまん、好きか？』

『えうっ』
『俺も好き』
『にゅ……おなまえ』
『名前？　俺の？』
こく、と女の子は頷いた。
子供だった彼方は、すぐにやってくる別れなど考えもしなかった。
『俺、出雲彼方』
『えう……かなた、ちゃん？』
『そうそう』
『わたし、ゆきづき、すみの～』
無垢《むく》な笑顔で、女の子は名乗ったのだ。
十年も前に――。
ああ、そうだった、と思いだしていた。
初めて出会ったときも、あの坂の上から澄乃は転がり落ちてきたのだ。
落ちたあんまんの食べ方を教えたのは、彼方だったのだ。

第二章　澄乃の夢　彼方の夢

標高が上がって寒いはずなのに、コートを脱ぎたくなるほど熱かった。背中や腋《わき》の下がべっとりと濡《ぬ》れるほど汗をかいている。

はっ、はっ、と息が乱れ、思考がぼんやりしてくる。ときおり野生の兎《うさぎ》も猿も見かけたが、はやくも疲労がたまって感動どころではない。ざっく、ざっく、と雪を踏む音だけを意識していた。

——豊かな大自然なんか大嫌いだっ。

バイトの内容が、じつは漠然と想像していたようにお気楽なものではなく、ほとんど修業に近い肉体労働だと判明したのは、たった今朝のことだった。

「奇跡の生還直後だというのに……あの人は鬼かっ」

ざっく、ざっく、と雪を踏みつけながら歩いていく。

彼方は、両手に空のポリタンクを一つずつ下げ、背中には実用一点張りの大きなリュックサックを背負っていた。

雪国のロマンとは、ほど遠いスタイルだ。

つぐみから命じられたのは、料理などに使う清浄な水を汲《く》んでくることだった。ポリタンクには満杯で二〇リットルの水が入る。それが二つ。重さにして、計四〇キロになる計算だ。

さらには、帰る途中で雪月雑貨店へ寄り、買い物メモに従ってリュックサックいっぱいの野菜を買ってこなくてはならない。

『彼方ちゃんなら、楽勝よー』

若い労働力としてフルに活用するつもりらしい。経営者ともなるとこうも腹黒くなってしまうのか、あのおっとりした顔だちが、狸《たぬき》——いや、性悪の女狐《めぎつね》に見えた。

「ま、まだ……見えて、こない、のかよ」

なにしろ、もう一時間以上も歩いているのだ。

左右から威圧するように木々の枝が伸びた細い山道だ。ハイキングコースなのか、一定の間隔で横木が埋められている。リズムさえ掴《つか》めば意外と歩きやすかったが、油断してると足首をくじきそうだった。

えんえんと、ひたすら山を昇っていく。

道は、左にくねり、右へカーブし、いっこうに先が見えてこない。山中異界。堂々巡りしているような錯覚があった。

目的地は、龍神の滝というところだった。人里を離れ、山を分け入った、その先の先にある。片道で軽く二時間はかかるということだ。

手書きの地図を見れば、そろそろ第一ポイントの龍神湖が見えてくるはずだった。ほぼ一本道だから迷うことはないはずだが、目印がおおざっぱすぎる上、地元民の距離感覚はあてにならない。

リュックサックには、つぐみが用意してくれた弁当が入っている。

昼ご飯だけが唯一の楽しみだった。


山道を登りきると、いきなり木々が途切れた。

ぱっと視界が開け、静ひつな湖面が目に入った。

「……あれが龍神湖か」

苦労しただけあって、素直な感動が胸にひろがった。

狭い山道では味わえない新鮮な空気が吹き抜けていく。

遠くには雪化粧された山々が連なり、その澄まし顔を湖面に映り込ませていた。

空を飛んでいるのは白鷺《しらさぎ》だった。

雄大というか、荘厳というか、清廉というか——。

彼方は、しばらく見蕩《みと》れていた。

大自然も悪くない、と龍神村を見直した。爽快《そうかい》に汗をかいた肉体が到達感を増幅させている。疲れが一発で吹き飛んでしまい、つぐみへの恨みさえ忘れさせた。いよいよ滝へむかう気力が充実してきた。

仕事でもないかぎり、地元の人間でも気軽にこられる場所ではあるまい。

その証拠にどこにも人影が——と。

「あ、あれ？」

見覚えのある白いコート姿を見つけてしまった。

岸に横たわった丸太に腰かけ、スケッチブックらしきものを膝《ひざ》にのせ、湖を見ながら熱心に手を動かしている。

「澄乃か」

聞こえたのか、くるっ、と澄乃がふり返った。

「あ、彼方ちゃんだ～っ」

また雪につまずきそうな勢いで、とてとてーっ、と駆け寄ってきた。

「わわっ。どうしたの？　すごい汗だよ～。大変だよ～。病気だよ～」

「いや、ここまで、歩いてきただけだから…」

「えう？　そ、それだけ？　本当に～？」

澄乃は、心配そうに顔を覗《のぞ》き込んできた。

地元の人間にとって、湖まではお散歩コース同然らしい。

「あ、ああ…」

疲労感が数倍になって戻ってきた。

二人は釣り人が喜びそうな清流にそって歩いた。

かなり流れがはやい。

「嬉《うれ》しいな～♪　嬉しいな～♪」

即興の歌を遠足時の児童よろしく口ずさんでいるのは、もちろん澄乃だ。

水汲みの件を話すと、案内する～、と言い張って強引にくっついてきたのだ。

案内もなにも、このまま遡《さかのぼ》れば龍神の滝に到着するはずだったが、気力を失いかけていた彼方にとってはありがたい道連れだった。

「彼方ちゃーんと、あ～る～く～♪　彼方ちゃーんと、あ～る～く～♪」

「……前を見てないと転ぶぞ」

「あうっ」

お約束のように雪に蹴《け》つまずいて転がりかける。

彼方はポリタンクを持った腕を伸ばして支えた。

「ほら、はしゃぎすぎだ」

「だ、だって、彼方ちゃんとのデートが嬉しいんだもんっ」

「これがデートかどうかはともかくとして……まあ、わかったよ。でも、気をつけてないと、また転ぶぞ？」

「えうー」

ぎゅう、と澄乃が腕にしがみつき、むー、と唇を尖《とが》らせた。

「そういえば……平日なのに、湖でなにやってたんだ？」

「今、学園が冬休みだから」

「ん？　まだ休みなのか？」

「毎年、春ごろまで休みなんだよ〜。雪が溶けないから〜。でもねー。春になっても、ぜーんぜん溶けないいんだよ〜」

「ダメじゃん、それ」

真夏でも雪が降るしー、とつぐみが言っていたことを、彼方は思いだした。

「うん。だから、その勢いで春に始業式〜」

「へー。そんな時期まで休みだなんて、羨《うらや》ましいな」

「でも、毎日ちゃんと宿題してるよ〜。たっくさん出されるもん」

「ああ、さっき描《か》いてたやつか？」

ちら、と澄乃がかかえているスケッチブックを見た。

あんまんが入った紙袋と同じくらい大事に扱っているようだった。

「これはちがうよ〜。わたしね、美術部の部長だよ〜」

「へえ、すごいな。夢は画家ってやつか？」

第二章　澄乃の夢 彼方の夢

「うん。でね、部員もわたしだけなんだよっ」

「……………」

彼方は、学園での澄乃を想像してみた。

一見無邪気で、なんの悩みもなさそうに見えるが、じつは芽依子以外に親しい友達がいないのかもしれない。

いくら田舎とはいえ、独自のペースで生きている彼女が平均的な存在とは思えない。芽依子を基準にするのも危険すぎるが、たいていの場合、変わり者は変わり者同士でくっつくものだ。

二人とも、クラスでは浮いているのか――。

「部室独り占め～」

彼方の心配にかかわらず、澄乃は嬉しそうだった。

よけいな勘繰りだ。そもそも過疎化がすすんで同年代の友達自体が少ないのかもしれない、と考え直した。

「で、なに描いてるんだ？」

「わ。スケッチブック、見ちゃダメだよ～」

「ダメなのか」

「ダメなんだよ。まだ、途中だよ」

「ふーん」

「えへ」

澄乃は照れたように笑い、彼方の腕をぐいぐいと引っぱった。

「いくよ～」

「わかった、わかった」

「彼方ちゃーんと、あ～る～く～♪　うっで組んであ～る～く～♪　彼方ちゃーんと、あ～る～く～♪　デートであ～る～く～♪」

デートじゃない、と再度訂正を入れようとして、やめた。

ただ普通に歩いてるだけなのに——。

あまりにも澄乃が楽しそうだったからだ。


澄乃とは、写生のつづきをするとかで、湖まで引き返したときに別れた。

「ぜっ……はっ……す、少し……ここで休んでいこう」

ようやく神社まで戻ってきた。

水でポリタンクが満タンになった帰り道は、苦行というよりも拷問に近かった。

龍神の滝は村の隠れた名所といっていいほど美しかったが、そんなささいな感動はとっくに頭の中から消え去っていた。

今の彼方には、目の保養よりも筋肉や関節の痛みをジカにとるインドメタシンのほうがありがたかった。

「か、肩が抜けるぅぅ」

足腰もふらふらで、ポリタンクを下ろすと、そのまま倒れてしまいたくなった。

滝のところで食べた昼食が何度も逆流しそうになり、軟弱な手のひらには痛々しくマメが潰《つぶ》れていた。

「やれやれ…」

今朝は急いで通りすぎただけだったが、息を整えながら見まわすと、なかなかに厳粛な雰囲気の境内だった。

屋根に分厚く雪をかぶった立派な拝殿があり、樹齢何百年も経ていそうなご神木が堂々とそびえている。神主や巫女《みこ》さんの姿はない。無人の神社らしく、社務所のようなものは見あたらなかった。

休息がてらに軽く見まわると、境内の一角で立て看板を発見した。

『——当社は、龍神が舞い降り、人間と結ばれた場所とされている——』

神社の由来と村の伝説が記してある。

それは、悲恋の物語だった。

昔々、この村は四季の情趣に富み、自然の恵み豊かな村であったらしい。五穀豊穣《ごこくほうじょう》でも祈願していたのか、美しい龍の姫様が人間の招きに応じて、毎年のように天より舞い降りてくれたからだ。

だが、ある年のこと――。

龍の姫様は、人間の宮司と恋仲になってしまった。

異種同士の禁じられた恋だ。

それを天は見逃さず、天罰によって姫様は死んでしまった。

以来、村からは一年中雪が消えることはなくなり、哀れに思った村人たちによって龍の姫様は社《やしろ》に祭られたのだ。

立て看板にはご利益も書いてあった。

『縁結び、子宝安産祈願、商売繁盛、交通安全、成就祈願――よろず一心に願えば、龍神様が出てきて必ず願いが叶《かな》う』

なんでもありありで、無節操なほど神頼みだった。

信仰というのは、そういうものなのかもしれない。

「必ず願いが叶う……か」

彼方は信心深いほうではない。

だが、澄乃は、ここで彼方のためにお百度参りをしたのだ。

単なる迷信だと笑う気にはなれなかった。

「――酷使されとるな、青年」

「うお…っ」

ふり返ると、いつのまにか芽依子が背後に立っていた。

どうしていつも気配なく近づいてくるのか――。

「いいようにこき使われて、これじゃ死んだ方が楽だったなー、などと彼方さんは考えているようだが……まさか、夜逃げでもしでかして、一宿一飯の恩にそむくつもりではないだろうな？」

ずいっ、と芽依子に接近され、ずりずり、と彼方は後退してしまった。

苦手な相手だということもあるが、かぎりなく図星に近かったからだ。

「ほう、警戒してるのか？　この私を？　いい傾向だ。下僕としての自覚がでてくるまで、あともう一歩だな」

「お、おまえな…」

「なんにせよ、ご苦労なことだな。水汲みが仕事なのか？」

ポリタンクを見て、芽依子が訊《き》いてきた。

あえて彼方は逆らわなかった。

できるだけ敵にまわさないほうがいいと判断したのだ。

「それと……食材の買い出しな」

「つぐみさんらしい。使える物は壊れるまで使う人だからな」

「そうなのかっ？」

「もちろんだ」

くくっ、と芽依子は愉快そうに笑った。

「せっかくだ。胡蝶《こちょう》の夢でも追いかけてみたらどうだ？」

「なんだ、そりゃ？」

「定職を持たない彼方さんのような生き方は、今の社会情勢では辛《つら》そうだからな。いっそ現実と夢との区別をつかなくして、夢の中だけでも自由に羽ばたいてみてはどうか――ということだ」

「年下のくせに……シビアで切ないことを言う奴《やつ》だな」

「人生は儚《はかな》いものだ。彼方さんに、なにか夢はないのか？」

「……今のところ、まあ、別に」

すーっ、と芽依子は目を細めた。

「普通あるだろ、夢の一万や二万――」

「そんなにねーよ！　というか、まだそういうのを、考えてないだけだよ。だから、フリーターやってんだよ」

「収入が不安定な男は、女を幸せにできんぞ」

「そ、そんな冷静に憐《あわ》れむような目で俺を見るなっ。だいたい、そういうおまえには、どんな夢があるんだよ？」

「ああ、きさまの棺桶《かんおけ》を作ることだな」

「なんでだよっ」

「冗談だ」

「真顔で言うな、真顔で」

「私の夢は――そう、この世界の崩壊……？」

真剣なのかふざけているのか、あいかわらず表情の読みづらい少女だった。

どこか遠くを見つめ、涼しげな瞳《ひとみ》をうっとりと潤ませているように見えないこともないから、もしかしたら本気なのかもしれない。

「……崩壊させたら澄乃が怒るぞ」

「だいじょうぶ。あんまんだけは残すと協定をむすんである」

そういえば、滝のところで食べた澄乃の弁当はあんまんだった。彼女は、それを次から次へと美味《おい》しそうに食べていくのだ。

ふんわりと白い皮につつまれた、黒あんこの世界を想像してしまった。

彼方は、そろりと話題を変えてみた。

「ところで、前に話してくれた龍神村の言い伝えっていうのは、あの立て看板に書かれてあることなのか？」

「ああ。龍神伝説の研究は私の個人的な趣味でな。暇なフリーターとはちがって、こうして勤勉にフィールドワークをやってるわけだが」

先日、彼方を殴りつけた本を、ほれほれと芽依子はふってみせた。

「おい、俺は暇じゃ……」

「まあ、人のことはどうでもいい。問題は彼方さんだ」

「へ？　なんで俺？」

「伝説通り、この村には悲恋が多くてな」

「よくわからんな。ただの伝説だろ？　俺とどう関係がある？」

彼方は首をひねり、はーん、と納得した。

「さては、過去にフラれた体験があるな？　かわいそーに。でもなー、そりゃ、おまえの性格に問題があるからだろーが。初対面で年上の人間はからかうし、いきなり本で殴るし、いやー、納得納得」

「──もういっぺん、落石で死んでみるか？」

芽依子は、酷薄に目を光らせてハードカバーをふり上げた。

「す、すみません。冗談です、すみませんっ」

なぜ謝る？　なぜ下手にでてしまう？

まるで遺伝子レベルで服従をプログラミングされているようだった。

「まったく……兄も鈍感だったが、よもや、この男までもとは」

ぼそ、と芽依子は呟《つぶや》いた。

「兄？　おまえ、兄貴がいるのか？」

「昔、な…」

「？」

「まぁいい。彼方さんが、誰《だれ》を好きになろうが、付き合おうが勝手だが、くれぐれも悲恋にだけはならないようにな。女を泣かす男は最低だ」

「お、俺の未来に対する予言か？　あるいは将来への忠告のつもりか？　そんな気は毛頭ないが、結果的に泣かせてたら……うーん、ど、どうしよう」

女の子に泣かれるのは、今も昔も苦手だった。

正直なところ、恋愛どころではない、というのが本音だ。この過酷なバイトをどう切り抜けるべきか、考えるだけで精いっぱいだった。

ふっ、と芽依子は笑った。

「……優しいところは似ているのだがな」

「へ？　な、なに？」

「ああ、そうだ。彼方さんのことだから、すっかり忘れているとは思うが、来週はバレンタインデーというヤソ教の記念日だ。おそらくは、澄乃から手作りチョコの一つもありがたく下賜されるであろうが……」

「そ、そうなのか？」

「この芽依子様の見たてにまちがいはない。気が知れんというかなんというか……まあ、ここからが肝心なところだが、なんと、澄乃の誕生日はその翌日だ。覚悟するがいい。今のうちに、せいぜい小金を貯めておくことだ」

「覚悟って……おい、今、さりげなく本音を混ぜなかったか？」

「それではな。サラバ」

「お、おいっ」

混乱する彼方を残し、芽依子は神社から去っていった。


雪月雑貨店でリュックいっぱいの野菜を購入し、ぜいぜいと息も絶え絶えの状態でなんとか旅館まで帰ることができた。

彼方を待ってたのは豪勢な夕食だった。

メニューは、サイコロ状に切られた和牛ステーキと鯛《たい》の刺身。新鮮なサラダも大量に用意されていた。

「たっぷり働いてくれたから、今日のバイト代は奮発するわよー」

「え？　今日の？　もしかして、日払いですか？」

貪《むさぼ》っていた肉を飲み下し、思わず上ずった声で確認してしまった。

あれだけハードな仕事だ。最低でも鈍行の片道電車賃くらいは出るだろう。もらうものさえもらえば、こんな場所とはお別れだ。明日の朝まで待って、あとは適当に理由を作って逃げだせばいい。

気づかれないよう、にたり、と心の中で悪魔の笑みを浮かべた。

「はい、お疲れさま」

「ありがたやー」

ちゃりん――と。

「やったー、彼方ちゃん、おっ金持ちー」

百円玉が二枚。

一日の重労働で、たった二〇〇円――。

「……」

寒かった。なにもかもが――。

彼方は、それから機械的に食事を再開し、軽くあぶってジューシーな肉汁を閉じ込めたステーキを噛《か》みしめた。

ショックでまったく味がわからなかった。


「彼方ちゃんの天使、澄乃っちだよーっ」

龍神の滝に着くと、澄乃がぶんぶんと手をふっていた。

先にきて待ち伏せしていたらしい。

今日で何日目だろうか——。

「おまえ、よくつづくなー。いつも何時に家を出てるんだ？」

「だって、彼方ちゃんに会いたかったんだもんっ」

苦笑して、とりあえず二つのポリタンクに水を満たした。

雪を溶かしながら轟々《ごうごう》と流れ落ちてくる滝水だ。

手が千切れそうなほど冷たかった。

村の名所とはいえ、ここまでくると、さすがに人気《ひとけ》はない。村には水道が通っているから、誰も今では水を汲みにはこないのだ。

滝の音以外は寂として静まり返り、人に姿を見せない野生動物たちの気配が、逆に生々しく伝わってきた。

「よーし、メシにするか」

「わーい」

水しぶきがかからない場所まで移動し、雪を払った岩に腰かけ、二人そろって習慣のように弁当をひろげた。

「今日もお昼はあんまんか？」

「うんっ」

「マジで、あんまん好きだなぁ」

「あんまんが好きじゃなくて、あんまんを愛してるの〜」

評価の次元がちがっているらしい。

「あんまんは命の源だよ〜」

「そ、そうか…」

彼方は、下ろしたリュックサックから、重箱に入ったつぐみ弁当をとりだした。

卵焼き、唐揚げ、ウインナー、などバラエティーに富んだオカズがぎっちりと詰められている。最初の数日は疲労感から食べきれなかったが、最近では、残さず平らげられるようになっていた。

食べなければ身体《からだ》が保たないし、肉体労働に慣れてくると、ちゃんと空腹を覚えるようにもなっていた。だいたい、この食事もバイト代に含まれているのだ。目一杯食べなければば損だった。

「それ、つぐみさんが作ったの～？」

じ～っ、と澄乃が重箱を見つめている。

「あ、ああ…」

「おいしそうだよ？」

「ちょっと食べるか？」

「うんっ」

「ほいよ」

「えう～」

重箱ごと渡すと、ぷー、と澄乃は不服そうに頬《ほお》を膨らませた。

んにょっ、と突き返されてしまった。

「な、なんだよ？」

餌《えさ》をねだる小鳥のように、あ～ん、と澄乃は口を開いてきた。

「……自分で食べないのか？」

「えううぅ～っ」

世にも情けない顔になり、じわ、と大きな瞳に涙すら浮かべた。

「あー、わかった。わかったから」

箸《はし》で卵焼きを突き刺し、澄乃の口元まで運んでやった。

あぐっ、と満足そうに食いついてきた。

「おいし〜い」

「よかったな」

「あ〜〜〜ん」

「またかよ。はいはい」

まるで餌《え》づけでもしている気分になってきた。

「じゃあ、お返し、だよ」

お返しは、あんまん、だった。

どうせ山奥だし、誰かが覗いているわけではなかったが、女の子に食べさせてもらうなんてママゴトのようで気恥ずかしかった。

しかし、あ〜〜〜ん、と澄乃は繰り返し迫ってきた。

ついに根負けして、あーん、と彼方は口を開いた。

ばくっ、とかぶりついたあんまんは、澄乃の体温で人肌にぬくめられていて、やっぱりどこか気恥ずかしかった。

「おいしい？」

「……うまい」

「よかったよ～。次はねー、唐揚げがいい～。あ～～～ん」

結局、彼方と澄乃は、互いの弁当を半分ずつ食べあった。

あんまん効果もあってか、いつもより満腹になったようだった。

「うー、食った食ったぁ」

「うん……彼方ちゃん」

横に座っている澄乃が、ぴと、と肩をくっつけてきた。

「ん？　……なんだよ？」

えへへー、と嬉しそうに返事が返ってきた。

「今ね、澄乃っちの頭の中で、葛藤《かっとう》しています」

「どんな？」

「このまま、ずっといたいって言うか、バイバイって言うか…」

顔を覗き込むと、澄乃は柔らかく目を閉じていた。

体重を彼方に預け、安心しきっている無垢《むく》な顔だった。

ぱふぱふ、と思わず頭をなでてしまった。

「えう…」

澄乃の唇が微笑《ほほえ》み、ほわん、と表情が蕩《とろ》けた。

頭の形がよくて、髪はさらさらで、なでている彼方も気持ちよかった。

「また、会えるだろ？」

つい優しい声になった。

「じゃ、明日も会ってくれる？」

「どうせ待ってるつもりだろ？」

えへ、と澄乃は頷《うなず》いた。

彼方は空を見上げた。

「とりあえず、今日のところはいっしょに帰ろう。だいぶ雲行きが怪しくなってきたからな。雪が降るかもしれないぞ」

どうせ食料を買いに寄らなければならないから、家まで送っていくようなものだった。

彼方が腰を上げると、ぴょんっ、と澄乃も元気よく立ち上がった。

「うん。あ、わたしも一つ持つよー」

「いや、おまえにはムリだって」

彼方が制止するのも聞かず、んんーっ、と澄乃はポリタンクの一つを両手で持ち上げようとした。

腋の下に挟んでいたスケッチブックが、ぽろ、と雪の上に落ちた。

偶然開いたページには、純白のドレスを着た女の子が描いてあった。

「おい、大事なものが――」

「あわわわわ〜」

澄乃は、スローモーに慌ててスケッチブックを拾い上げた。

「み……見ちゃった？」

「いや、一瞬だけ」

「えう…」

安心したような、もどかしそうな、微妙な表情になった。

ぷいっ、と澄乃は先に歩きはじめた。

「お、おい。待てよ」

「まだ、思いだしてないんだよね…」

滝の轟音《ごうおん》をすり抜けるように、そんな呟きが聞こえてきた。


澄乃の機嫌は、あっさりと直った。

「彼方ちゃーんと、あ〜る〜く〜♪　うっで組んであ〜る〜く〜♪」

ポリタンクで両手が塞《ふさ》がっているから腕は組んでいないが、帰るあいだ、ずっと例の歌を歌っていた。

雑貨店に入ると、軽快なジーンズ姿の小夜里が愛想よく出迎えてくれた。

「彼方くん、いつもお疲れさま。お仕事、もう慣れた？」

「いやー、まだ筋肉痛が激しくって」

腕を揉《も》みながら、彼方は買い物メモを手渡した。

「オッケー。そこで座っててね。すぐ揃《そろ》えるから」

小夜里は素早く商品をチェックし、テキパキと動きはじめた。

とても澄乃と親子だとは思えない。

「お願いします」

「お茶でも澄乃に淹《い》れさせて、ゆっくり休んでてね」

澄乃はと見ると、店先に並べてあるオモチャの棚をじっと見入っていた。

彼方は後ろから、その細い肩ごしに覗き込んだ。

「おい、なに見てるんだ？」

「これね、小さいとき、すごく欲しくて…」

そう言って、半透明プラスチックで成型された指輪の一つを手にとった。

色は鮮やかだが、いかにも安っぽく輝いている。

「へえ。それ、いくらするんだ？」

「二〇〇円、だよ」

「うっ、高……くはないのか？　うん、ぜんぜん高くはないぞ。なにしろ、俺の日給が二

○○……ん？　にひゃくえんんんっ？　いや、高いぞ、それは。……いやいや、冷静になれ、俺。こっちにきてから、どうも物価感覚が狂ってるな」
理不尽な現実に首をひねりながら、ふと、そういう問題ではないと気づいた。

「ああ、そっか。今だったら本物のほうが欲しいよな、やっぱり」

「……わたし、高いものなんていらないもんっ」

「え？」

彼方が驚くほど、それは強い口調だった。

「やっぱり、覚えてないかなぁ」

「な、なにがだよ？」

「昔ね、これを勝手に持ちだして、お母さんに見つかっちゃって、すごい怒られちゃったんだよ。そしたらね、彼方ちゃんが――」

「俺が？」

「えう……な、なんでもないよー」

いつものように、えへへ、と澄乃は笑った。

「？　変な奴だな…」

わけがわからず、ぽりぽり、と彼方は頭をかいた。

澄乃が手をふっている。

「また明日ね～」

前と同じように、姿が見えなくなるまで、元気いっぱいにふっていた。

なにか引っかかるものを感じて、彼方は旅館に戻った。

温泉に浸かり、おでんを食べ、コタツから布団へと移動しようとしたとき――ふいにある記憶が、立てつけが悪い過去の扉から転がってきた。

「あ……思いだした」

えっく、えっく、とあのときも泣いていたのだ。

十年前の澄乃が――。

『もう泣くなよ。言いだしたのは俺だし、お店の指輪持ちだしたのも俺だし、怒られたのも俺だけなんだから、おまえが泣くことないだろう』

『だって、かなたちゃんが、お母さんに怒られて……つぐみねーちゃんにも怒られて……ごめんなしゃい……ごめんなしゃいい～』

ごめんなしゃい、ごめんなしゃい、と澄乃は泣いている。

『俺は平気だから。それより、さっきのつづきだ。結婚ごっこをしよう』

『でも、指輪……ないよ』

ぐしゅ、とまた泣きそうな顔になった。

女の子に泣かれると、自分まで悲しくなってしまう。

だから、彼方は約束したのだ。

『今はないけど、大きくなったら買ってやる』

『……大きくなったら？』

『ああ。あんなオモチャじゃないぞ。本物の宝石がドッサリついた、本物の指輪だぞ。だから、今は我慢してくれな？』

うん、うん、と澄乃は泣きながら嬉しそうに頷いた。

『メチャクチャ高いの買ってやるからな』

『わわ、どのくらい？』

『えっと……ひゃ、ひゃくおくまんえんくらいだぞ』

『えうっ、ほんとう？』

『男に二言はなーいっ』

『やった～。ひゃくおくまんえんんん～』

『よし。じゃあつづきだ』

『え、えう～』

『ど、どうした？　今度はなんだよ？』

『……お花のわっかないよ』

お互い子供だったから、たぶん、彼方は無責任に忘れていたのだ。

もしかして、澄乃は約束を覚えて待っていたのだろうか。

布団の中で居心地悪く身じろぎしながら、覚えてるわけがない、覚えてたらなにか言ってくるはずだ、と彼方は考えようとした。

だが、大切な約束ほど、相手が忘れていれば、それだけで深く傷ついてしまう。

もし彼方が思いだすのを待っていたとしたら——。

澄乃はあせって、積極的にアプローチをかけていたのかもしれない。

十年の時間を埋めるように。

いや、十年の時を越えようとしたのか——。

澄乃の時計は、あのときから、ずっと止まったままなのだ。

彼方が、止めてしまったのだ。


昨夜はちらちらと降っていた雪が、今朝は猛吹雪《もうふぶき》になっていた。

雪が乱舞し、風がうなり、びりびりと窓ガラスを震わせている。窓の外は視界ゼロの世界だ。

雪女かサイボーグでもないかぎり、今日のところは誰も外出しようとは思わないだろう。

つぐみも鬼ではないらしく、自動的にバイトは休みになった。

よって、彼方は朝からコタツに入り浸り、ぬくぬくと背中を丸めていた。

「今朝は炊き込みご飯よー」

豆ご飯におみそ汁。健康的なメニューだった。

「いただきまーす」

「はーい、たーんと召しあがれー」

龍神村にきてから、彼方もずいぶん健康的になってしまった。眠っていた身体機能が活発になり、前日の疲労もあまり残らなくなっていた。

人間はしぶとい生き物だ。どんな環境にも勝手に適応してしまう。

最初は険しく思えた滝までの道のりも、たしかに歩き慣れてみれば、地元の女の子でも気軽に往復できる散歩コースだ。バスが走っていれば、あっというまに着いてしまう距離だろう。

朝から新鮮な空気もたっぷりと呼吸し、昼には水汲みと買い物でぐったりと疲弊しているから、夜もしっかりと熟睡できた。

おかげで、起きた直後からちゃんと空腹を覚える。

「つぐみさん、おかわり」

「あらやだー。もう食べたのー？」

「おかわり！」

「あらあら。はいはい」

このままガテン系に目覚めてしまったらどうしよう、と彼方自身が心配になるくらい、食事のたびに生きる幸せを実感するようになっていた。

豊かな自然の恵みは露天風呂《ろてんぶろ》にまで及んでいるから、いくら都会で不健康を誇っていても、ここで数ヶ月も暮せばツヤツヤと頬がピンク色に輝きだすだろう。

このまま龍神村で暮すのもいいかな、と思わず夢想してしまうほどだった。

「ごちそうさま」

「はい、お粗末様」

「あー、うまかった」

「彼方ちゃん、お茶よ」

「ありがとう」

腹がいっぱいになると、なんとなく、彼方は物足りなくなった。

その気分を察したように、くふ、とつぐみが笑った。

「今日は吹雪で残念ねぇ～」

「ん？　なにが？」

「んもーう、この子はー。隠さなくてもいいのよー？」

「なんの話だよ？」

「会えなくて、寂しいならそう言いなさーい」

「いったい誰と会えなくて、俺は寂しいんだ？」

「だからー、澄乃ちゃんに決まってるでしょ？」

「はぁ？」

「なーに、とぼけてるのよー」

くすくす、とつぐみに笑われ、彼方は憮然《ぶぜん》とした。

狭い村だ。どこで聞きつけたのか、と問うまでもない。

澄乃から小夜里へ、小夜里からつぐみへ、と情報の伝達経路はわかりきっている。バレてないと考えるほうが難しかった。

憮然とはしたが、反論はできなかった。

彼方も、最初はいろいろと戸惑ったが、今では澄乃を可愛《かわい》いと思っている。山中でのデートを重ねていくうちに、ファンタジックなあんまんワールドに巻き込まれ、否応《いやおう》なく二人の距離感は近づいていた。

だが——。

彼方は、いつか村を出ていく人間なのだ。

十年前と同じように――。

芽依子に諭されるまでもなく、一途《いちず》な澄乃の想《おも》いには気づいていた。

子供のころは、人と離れ離れになることがどういうことか、わからなかった。再会のあてもなく待たせてしまうことが、どんなに残酷なことか、わかっていなかった。しょせん彼方は余所者《よそもの》なのだ。

親しくなればなるほど、また悲しませてしまう。

だから――。

昔の約束は思いだしても、澄乃に告げることをためらっていた。

本当は素っ気なくしたまま別れたほうがいいのだ。

「あらあら――」

部屋の内線電話が鳴り、つぐみがおっとりと受話器をとった。

なぜか、彼方は息を潜めてしまった。

澄乃かな、という直感が働いたのだ。

「彼方ちゃーん、お電話よー」

呼ばれたが、直感の半分は外れた。

澄乃ではなく、小夜里だったのだ。

「……え？　いえ、きてませんけど」

猛吹雪だというのに、早朝から澄乃がでかけたままだという。

すでに芽依子へは連絡してみたが、やはりきていないらしい。

ふと、龍神の滝にでもいったのかな、と彼方は思いついた。いくら約束したとはいえ、常識的に考えれば待っているはずがない。

――澄乃の常識？

まさか、とは思ったが、相手は澄乃だ。

急に彼方は不安になってきた。

「俺、心当たりを捜してみますっ」

『え？　彼方くん？』

「彼方ちゃん？　どこいくのよー」

急いでコートをはおり、旅館を飛びだした。


「うおぉぉぉーっ、そ、遭難するぅぅぅーっ」

無謀だった、と一瞬で後悔した。

前進の意思を挫くような横殴りの吹雪だ。まっすぐ歩くのさえ辛い。視界が利かないから、自分の位置さえ見失ってしまいそうだった。

しかし、引き返すつもりもなかった。

「遭難する……き、きっと、遭難するぅぅぅーっ」

叫ぶことで恐怖を紛らわせた。

神社を通り抜ければ、ほぼ一本道だ。

あとは山歩きで鍛えた足腰だけが頼りだった。

確信があるわけではない。なんとなく、そんな勘が働いただけだ。妙に気だけが急いている。自殺行為だ、と何度も思った。実際にいなかったら、こんな危険で馬鹿《ばか》げたことはない。

ただ――待っているような気がした。

相手が澄乃だったからだ。


彼方は、降り積もった雪を泳ぐようにして踏破した。

記録的なスピードだった。

その代償は、酸欠とフードごと凍った髪の毛。服の上から雪がこびりつき、走る雪だるま状態になっている。今にも関節がバラバラに砕けそうで、全身を鉛のように重い疲労感が支配していた。

風で潰された目を開くと、べり、と目蓋《まぶた》が剥《は》がれた。

顔面の感覚が寒さで麻痺《まひ》している。

滝の前は、まるで八寒地獄のように壮絶な光景になっていた。荒々しく、魂まで凍えるほど寒々しい。とにかく、この世のものとは思えない。

「澄乃ぉぉぉぉっ」

咳《せ》き込みながら、大声で叫んだ。

「彼方ちゃぁぁぁぁぁんっ」

ほわわーん、と明るい返事が返ってきた。

声がした方向を見て、彼方は膝が抜けそうになった。

巨大なあんまんがあった。

いや……雪国の智恵《ちえ》。かまくら。

あんまん型のかまくらだった。

「待ったよぉぉぉっ」

ひょい、と入口から顔を覗かせた澄乃が手をふっていた。

「今日はぁぁぁ、バイトでしょぉぉぉぉっ？」

「こ、こ、こ……この、ド阿呆《あほ》ぉぉぉぉぉぉっ」

最後の力をふり絞り、彼方はかまくらを目指して雪を蹴散らした。

澄乃が一人で製作したのか、中は意外とひろく、居心地がよさそうだった。

暖房として、小さな焚《た》き火《び》がちょろちょろと燃えているだけだが、外とは比べ物にならないほど温かい。

「会いたかったよー、彼方ちゃーんっ」

彼方は全身から雪を払いのけ、息を整えるまでに数分かかった。

「すごい雪だね～」

両手で身体中を摩擦し、体温の上昇をはかった。

「わたし、寒かったよ～」

怒りを落ち着けるため、さらに三〇秒――。

「あれ？　どうしてしゃべってくれないの～？」

「お、俺は、死にかけ、て、んだよっ」

ずっと食いしばっていた口の硬直を、両手のマッサージで揉みほぐした。

「えう？　そうなの？」

「まったく、こんなことになったのは誰のせいだと……俺はいいとして、おまえのほうはだいじょうぶなのか？」

「うん、元気、元気ー、あんまんはよい子のしるし～。でも、このお天気だと、お水汲みできないね～」

ついに彼方は爆発した。

「水汲みにきたんじゃないっ！　おまえをむかえにきたんだっ！」

「そ、そうだったのぉ～？」

こんこんと彼方が説教すると、やっと自分の立場に気づいたのか、しゅん、と澄乃はうなだれてしまった。

「いいか？　もうこんなムチャは二度としないでくれよな。吹雪の日は俺もバイトはないからな。心配だったら電話で確認するんだぞ？」

「えう……ごめんなさい、だよぅ」

声の響きからすると、本当に反省してくれたようだった。

ほっとして、ようやく彼方は笑う余裕ができた。

「いいよ、わかってくれたならさ」

やっぱり、澄乃はここで待っていた。

彼方がこなかったら死んでいたかもしれない。

背筋が寒くなるような考えだった。

「澄乃、寒いのか？」

暗いかまくらの中で目を凝らすと、澄乃は震えているようだった。

温めてやるため、彼方は華奢《きゃしゃ》な肩を抱きしめた。

「わ、わたしね……彼方ちゃんのこと」

澄乃も、ぎゅうぅ、と両腕で抱きついてきた。

「ん？」

「す、好きなんだよ…」

「ああ、知ってたよ」

「ふぇ…、ど、どして？」

「そりゃー、こんなひどい吹雪だっていうのに――」

ここまで俺と会うためにやってきたんだから、と言いかけて、口を閉じた。

いつも持参している絵具で今まで描いていたのか、澄乃のスケッチブックが、焚き火のそばでひろげられていた。

純白のウエディングドレスの絵だった。

告白されて、彼方の気持ちは揺れ、もう誤魔化せなくなっていた。

こんなに純粋で、こんなに要領が悪く、こんなに危なっかしい女の子を、一人で放ってはおけない。誰かが護《まも》ってあげなくてはいけないのだ。

そうだ。澄乃は、今日も待っていてくれた。

独りぼっちで絵を描きながら――待っていたのだ。

「十年前…」

「え？」

「会ってるよな、俺たち」

「……思いだしてくれたんだ」

「ああ、ちょっと前からな」

「お、お帰りなしゃい……彼方ちゃん」

澄乃は涙声になり、ぐす、と鼻をすすった。

「ただいま」

「待ってたよ」

「うん」

「ずっとね……戻ってきてくれる日を……ま、待ってたんだよ」

力強く、ぎゅぅぅぅ、と抱きついてきた。

願えば、必ず叶う。

望みを叶えるためには、いくら真剣であっても、願いつづけなければならない。あたりまえのことだが、難しいことだった。

そして、想いは伝わる。

伝わってしまえば、受け入れるか、拒否するかのどちらかだ。

こんな無垢な女の子を拒否するなんて、誰にできるのか——。

ずっと澄乃の世話を焼くのも悪くはない、と思った。今までは、自分が一生雪国で暮す姿なんて想像もできなかった。それにリアリティを与えてくれたのは、腕の中にいる女の子だった。

人は、なぜそれぞれ土地に根を下ろし、生きていくのか？

たぶん、生きるということは、帰るべき場所を見つけるということだ。

その土地に、愛する人がいるから——。

ただいま、と言ったとき、彼方にとって龍神村こそ帰るべき場所になったのだ。

彼方は、ようやく、帰ってきたのだ。

つぐみにお願いして、可能なかぎり旅館で働かせてもらおう、と思った。

「俺のこと、そんなに好きか？」

「す、好きだよ〜っ」

「あんまんとどっちが好きなんだ？」

「えうぅぅ…」

「どっちなんだ？　ん？」

「だって、あんまんと彼方ちゃんは、いっしょなんだもんっ。あんまんがあると、彼方ちゃんといるような気持ちになれるんだもんっ。だから、あんまんは彼方ちゃんで、彼方ちゃんはあんまんなんだよっ」

澄乃は怒りながら、ぽこん、ぽこん、と彼方の胸板を小さな拳《こぶし》で叩《たた》いた。

かなり支離滅裂だったが、澄乃の世界では、あんまんが彼方を象徴するような存在にまで昇華されているようだった。

あんまんと澄乃と彼方の三位一体説だ。

「あー、わかったよ。俺が意地悪だったー」

「残酷だよぅ、彼方ちゃんっ」

「俺も、おまえが好きなんだ。許してくれよ」

「えう……じゃ、ゆ、許すよ～」

そして、二人で笑いあった。

「明日は、会えるかなぁ？」

彼方の胸に顔を埋め、澄乃は甘えてきた。

「まだ帰れるかどうかわからないけど、吹雪じゃなきゃ会えるよ」

「本当？」

「ああ。休みだから、デートでもするか」

「えうぅ～っ」

「でも、おまえ、ムリはするなよ？」

第二章　澄乃の夢 彼方の夢

「彼方ちゃんに会わないほうが倒れちゃうもん」

「わかった。じゃあ、明日会おうな」

「明日、晴れるといいなー」

「たった今、俺は晴れてほしい…」

柔らかなぬくもりを抱きしめながら、彼方は、芽依子が教えてくれた澄乃の誕生日を思いだしていた。

プレゼントは、あの指輪にしようと決心した。

澄乃だって、喜んでくれるはずだった。

チープだが、なにしろ日給二〇〇〇円の身なのだ。

入口から風が吹き込み、ふわっ、とスケッチブックをめくった。

たぶん背景は龍神湖なのだろう。

いつかこんな光景を夢見ていたのか、そこには仲良く手をつないだ、彼方と澄乃自身の絵が描いてあった。

ヘタな、大きい文字で——。

『だいすき♡』

と書いてあった。

いつのまにか――。

天が、新しい恋人たちに気を利かせたのか。

かまくらの外では吹雪がやみかけていた。

第三章　運命の二人

空は蒼穹《そうきゅう》、山は白銀《しろがね》――。

強風で逆巻いていた湖面も、今日は心を入れ替えたように澄まし返っている。

あの荒れ模様が嘘《うそ》のような快晴だった。

「あんまんはね〜、あんまんはね〜、世界を救うよ〜♪」

能天気な澄乃のソプラノが、爽やかな風に乗ってワルツを踊っている。

このノリには、彼方もすっかり慣れていた。

「本当だよ〜♪　はぁ〜、あんまん音頭で、ぽぽんがぽん〜♪」

約束通りのデートで、二人は龍神湖にきていた。

ポリタンクとリュックサックがないくらいで、あまりバイト時と変わらない。

せっかくの休みなんだから、なにもデートスポットを龍神村の中でまにあわさなくても、と彼方は思ったが、大好きな場所で、大好きな人と、大好きな絵を描《か》くのが夢だった、という澄乃の希望でこうなったのだ。

「あんまんはね〜、あんまんは……あれ？　彼方ちゃん、なんだっけ？」

「知らないって」

「えう……あ、あんまんは〜、好き？♪」

気分の昂揚《こうよう》を表現したいという衝動と、まだ歌詞を考えていなかった事実に挟撃され、無理やりアドリブでやることに決めたらしい。

「あんまん好きは～、よい子～のし～るしっ♪」

「で？」

「……終わり、だよ」

「歌はいいけどさ、いつまで俺はこうしてればいいんだ？」

彼方は、もうかれこれ小一時間は同じポーズをとらされていた。

「も、もうちょっとだよ～」

「そろそろ腹が減ってきたぞ。なあ、弁当食べようぜ？」

「あ、動いちゃ、ダメ～。まだ完成してないもんっ」

「あとで同じ格好してやるよ」

「本当？　ちゃんと覚えてる？　彼方ちゃん、あったまいい～」

「おまえなぁ……」

告白までたっぷり待たせた分、彼方もサービスする義務を感じていた。

弁当を食べ終えると、さっそく大道芸人になった気分で片足立ちになり、ふくらはぎが攣《つ》るまで肉体静止の限界にチャレンジした。

絵具を片づけて龍神湖を出発し、腕を組んで山道を歩き、神社の境内を通り抜けるころには太陽が沈みかけていた。

あとは峠を登り切れば雪月雑貨店が見えてくる——。

「どうした？　こんなところで立ち止まって？」

「彼方ちゃん……」

澄乃は、思いつめたような瞳《ひとみ》で、彼方を見上げていた。

ふっくらした頬《ほお》が、ぽわっ、と羞《は》じらうような桜色に染まり、木々の隙間《すきま》から射す夕陽が少女の産毛を黄金色に染めている。

——トイレか？

とロマンの欠片《かけら》もないことを訊《き》きかけたとき、『ぴと』、というより、『どんっ』、と小柄な身体《からだ》ごとぶつかってきた。

「……お、おい？」

衝動的なアクションに戸惑いつつ、彼方はドギマギしてしまった。

前から抱き止めるように、澄乃の胸を掴《つか》んでしまったのだ。

すっぽり手のひらにおさまった弾力に感動し、おおっ、と声もなく呻《うめ》いた。

思いの他、それは大きく、柔らかかった。

「な、なんだよ？」

「ん〜」

第三章　運命の二人

澄乃は胸を触られていることにも気づかないのか、くんっ、とつま先立ちになって顔を突きだし、きゅっ、と可憐《かれん》な唇を尖《とが》らせていた。

「え？」

彼方はリアクションに困り、ぱふぱふとベレー帽の頭をなでてやった。

途端に、むぅっ、と澄乃の眉間《みけん》にシワが寄って、可愛《かわい》らしい顎先《あごさき》に、ぷくっ、とウメボシが浮いた。

「ん〜〜〜っ」

ようやく、キスをねだられている、と理解した。

そういえば、せっかく恋人になったというのに、まだそんな初歩的な儀式すらしていなかったのだ。過酷な労働と大自然に身も心も洗われ、健康になりすぎて毒気が抜けていたのかもしれない。

「あ、ああ…」

まわりに誰《だれ》か——とくに、芽依子が——いないことを確認して、そっと彼方は顔を近づけていった。

その微《かす》かな吐息が唇にかかったのだろう——。

「へふぅ〜」

くにゃっ、と澄乃の全身から力が抜けた。

「澄乃っ、だいじょうぶか？」

慌てた彼方が倒れないように抱き支えた。

とろん、と瞳に星を瞬かせて澄乃は呟《つぶや》いた。

「……もう、彼方ちゃんったら、すごいよ……」

「まだ、なにもしてないぞっ」

「激しかったよ～」

「いや、だから…」

「好き…」

幸せそうな表情を見て、彼方の胸に熱いものが灯《とも》った。

この純粋さが愛《いと》しかった。十年どころか、もっと昔から彼女を知っていたような——はるか太古からこうなることを約束されていた恋人と、ようやく巡りあえたような切なさがあった。

きっと天が認めてくれたから、二人は出会えたのだろう。

「俺もだよ」

今度こそ——ちゅ、とソフトに唇を重ねた。

「ふぇっ、ふにゃぅ～」

感極まって、澄乃は気絶してしまった。

十数分後――。

「彼方ちゃん、また明日だよ～」

初めてのキスを経験した澄乃は、アルコールがまわったように顔を上気させ、ふらふらと千鳥足で店の中に入っていった。


そして、彼方が龍神村にきてから二週間ほどたったある日、運命はまたもや危機的状況と仲良く手を繋《つな》いでやってきた。

「う～む……死ぬかな？」

進退が窮まっていた。

問題点――その一。

じつは、思いっきり昼まで爆睡してしまった。

だが、それで困っているわけではない。

今日の宿泊予定客はなく、急きょバイトも休みになっただけだった。

いつも宿泊客が起きるよりも先に旅館を出発し、宿泊客が夕食を終えたくらいに山から戻り、宿泊客がひと風呂《ふろ》浴びたあとに温泉に浸かり、食事を摂《と》って早々に眠っている。

別館の奥まった部屋で寝起きしていることもあって、普段からあまり他人と顔をあわせる機会もない。

それでも、静かな貸切り状態を満喫するのはいい気分だった。

問題点――その二。

つぐみが留守である。

暁《あかつき》を告げる最初のニワトリが鳴く前に一度たたき起こされ、デートだか、村の集会だか、夜を徹してのカラオケだか、あるいはそのすべてか、なにやらそんなことを聞かされたような気がしたが――そのとき寝ぼけていた彼方の記憶は頼りなかった。

なんとなく、今夜は帰らないわよー、と言われたような気がしている。

その結果として、ある恐ろしい結論に突きあたったのだ。

「……俺のメシは？」

買い置きも、作り置きも、なにもない。

厨房《ちゅうぼう》で冷蔵庫を漁《あさ》ってみたが、ものの見事になにも残っていない。新鮮な食材にこだわるため、余分な在庫は置かない主義らしい。あるのは漬け物の類《たぐ》いばかりだった。

たぶん、昨夜の寄せ鍋で処分してしまったのだ。

「どうしてこう次から次へと命に関《かかわ》るようなトラブルばかりが……」

せめてご飯だけでも炊こうにも、米びつのありかがわからない。

つぐみに連絡をとろうにも、どこへ電話していいのかわからない。

八方塞《はっぽうふさ》がりだった。

暖房のスイッチを入れたばかりのロビーで、ソファに座って頭とすきっ腹をかかえ、途方に暮れてしまった。

そのとき、救いの女神が龍神天守閣にやってきた。

「彼方ちゃ〜ん」

「そ、そうだっ」

彼方には、澄乃という恋人がいたのだ。

空腹のあまり、冷静な判断力を失っていたらしい。

朝食はつぐみの手料理がデフォルトになっていたから、最悪の場合でも過去に稼いださやかなバイト代を散財して、雪月雑貨店の駄菓子で食いつなぐことを思いつかなかったのだ。

「ちょうどいいところにきた。悪いけど、これから小夜里さんに頼んで、なにか食べるものを作ってもらえるかな？　つぐみさんが――」

「えう？　お母さんなら朝から村の集会に出てて、そのあとつぐみさんたちと隣町にいって、カラオケ大会するって言ってたよ？　だからね、だから……明日の朝までは帰ってこないんだよ」

「なんてこった……」

デート以外の記憶は正確だったらしい。

しかし、小夜里さんも村にいないとは——。

「それでね、つぐみさんから電話があって、彼方ちゃんのご飯作るの忘れたって言ってたから、お弁当を作ってきたんだよ」

「す、澄乃ぉぉぉっ」

重箱ごと抱きしめると、うにゅ、と澄乃は嬉《うれ》しそうに身悶《みもだ》えした。

「お、大げさだよー」

「いや、命の恩人だぞ。あんまんでもOKだ」

「わ。あんまんじゃないよ～」

「おおぉぉぉっ」

感動した彼方は、さっそくロビーで重箱を開けた。

甘い香りが、ふわっ、と解放された。

「……お？」

「うふふー、今日はバレンタインデーだよ～」

なるほど。今日は十四日だ。忘れていたわけではない。芽依子から予告はされていたが、まさか、こうくるとは予想外だったのだ。

中には、ぎっちりとチョコレートがつめられていた。形も大きさもバラエティーに富んでいて、一つ一つに澄乃の愛情が込められている。

手作りのチョコ。

嬉しい。それは本当だ。

それでも、チョコレートはチョコレートだ。

「……ぐぅ」

フタを開けた姿勢で、彼方は硬直した。

「昨日から、いっしょうけんめい作ってたの。でね、いろんな型枠を試してるうちに作りすぎちゃったから――」

澄乃は無邪気に笑っている。

「たんと召し上がれだよ～」

幸い……チョコ尽くしは重箱の一番上だけだった。

下の段には豪勢なオカズが、さらに最下層にはオニギリが入っていた。

ぐう、と健康的に胃が鳴り、朝食抜きを思いださせるには充分だった。


まったりとした昼下がりだった。

たまには、こんな時間を過ごすのも悪くない。

ゲップが出るほど飽食すると、飢餓感の反動か外でデートする気にもなれなかった。

よって、澄乃を初めて自分の部屋へ招き入れ、二人でコタツに足を突っ込んでTVでも観《み》ることにしたのだ。

田舎だからチャンネル数は選べるほどないが、比較的天気がよかったから電波の受信状態は良好だった。

やっていたのは再放送らしい二時間枠の番組で、安っぽい悲恋ドラマだった。

ただ、正直なところ、その内容よりも澄乃の反応を見ていたほうが面白い。

なにしろ情感たっぷりに熱愛していた男女がじつは姉弟《きょうだい》だったという設定が明かされた瞬間にのけぞり、残酷だよ～、とぷんぷん怒り、挙げ句に二人が心中したラストシーンでは、だばだばー、と大粒の涙をあふれさせてしまうのだ。

役者冥利《みょうり》に尽きるだろうが、この場に主演の男女がいたら、感激を通り越して呆《あき》れてしまったかもしれない。

「えううぅぅ、し、死んじゃったよぉぉぉ？」

心の揺れをあらわすようにコタツの中でバタバタと両足が暴れている。

「むごいよぉぉぉ、可哀想《かわいそう》だよぉぉぉ」

「そうだな。これは天のいたずらってやつだな。うん」

こりこり、と手作りのチョコをお茶うけにして、彼方は無責任なあいづちをうった。

澄乃が淹《い》れてくれたお茶を、ずずー、とすする。

「な、なんで～？」

「姉弟じゃ、結婚できないだろ？」

「どして～？」

「いや、そういう法律を決めた奴《やつ》がいるんだよ」

しかし、中途半端な大人の理屈は澄乃に通用しなかった。

「じゃあ、その人が悪いんだよ～っ。だって、愛しあってるんだよ？　ひどい人だよ、その法律作った人は～っ」

「そ、そうだな。じゃあ…」

涙と鼻水と憤りの眼差《まなざ》しに圧倒され、彼方はたじろいた。

一度こうと思い込んだら、相手が彼方であっても譲りそうにない。もし神様が悪いと教えれば、ジェット機をハイジャックして天国まで直談判にいきそうな勢いだった。

この純粋なところが最大の魅力なのだが——。

こりゃ、先が思いやられるぞ、と天を仰ぎたくなった。

「えっと……前世での行いが悪かったから……じゃダメか？」

「ダメだよぉぉ～っ」

「う……まぁ……な」

正常な遺伝子を残すため、と教えても通じるかどうか。

生き物としてはまちがっていても、好きな人とむすばれたいと考えるのは、人間にとって当然の感情だろう。

法律を破ってまで二人だけの幸せを求める覚悟があれば、せいぜい異端として世界からつまはじきにされるだけのことだった。

罪も、罰も、しょせん人間が発明したものだからだ。

「お、もうこんな時間だ」

別の話題を探そうとして、彼方は外が暗くなりはじめていることに気づいた。

「まだ帰らなくてもいいのか？」

えう～、と澄乃は悲しそうに眉《まゆ》を寄せた。

「帰らなきゃ～。でも、帰りたくないよ～。お母さんいないし～」

「だいじょうぶだよ。送っていくから」

「……彼方ちゃんは、寂しくないの？」

小首を傾げ、ちろ、と上目づかいで見つめてきた。

願うような、祈るような、切実な視線だった。

あらためて、今、旅館で二人っきりなのだと意識した。

「ま、まぁ、それなりには…」

柄にもなく緊張して、ずずー、とお茶で喉《のど》を湿らせた。

「わたしは、彼方ちゃんと離れる瞬間が、一番怖くて……寂しいよ？」

黒々と濡《ぬ》れた瞳が、じと、と彼方に注がれている。

誰も逆らうことのできない子犬のような目付きだった。

「じゃあ……泊まっていけよ」

軽く咳払《せきばら》いして、彼方は応《こた》えた。

「晩飯だって作ってもらわなくちゃいけないからな」

「う、うん…」

含羞《はにか》んで、こく、と澄乃は頷《うなず》いた。


夜になると、万年雪の村は恐ろしいほど静かだ。

かそ、こそ、と衣擦《きぬず》れの音だけが、やけに大きく響いた。

真っ暗なはずだが、窓のカーテンの外がほのかに明るい。

天に月が昇っていれば、きっと雪が青白く輝くのだろう。

今夜も、しんしんと雪が降っているのか――。

夕食を終えてから、ある予感を互いに意識していた。

緊張して、妙なほど無口になってしまった。

そして、かわりばんこで風呂に入り、部屋に敷いた布団の上で――。

彼方は、澄乃を押し倒したのだ。

「……あ」

闇《やみ》の中で、二人は唇を重ねていた。

どちらが先に触れたのかよくわからなかった。彼方から重ねたような気もするし、澄乃が押しつけてきたような気もする。

軽くついばむ程度ではなく、相手への想《おも》いをどちらが多く伝えられるか競っているような、熱のこもったキスだった。

擦《こす》りつけ、ついばみ、舌でふっくらした輪郭をなぞった。

熱く燃えてくるまで、丹念に味わった。

はふ、と呼吸がつづかなくなって、澄乃の口が開いた。

するりと彼方が舌先を滑り込ませると、んにゃっ、と驚き、やがて健気《けなげ》にも応えようとしてきた。

「んっ…んっ……んーっ」

にち、くち、と絡みあう舌が秘めやかに鳴り、濃厚なキスが、ゆっくりと澄乃から緊張を溶かしていった。

がちがちの肩から力が抜けて、しなやかな身体が密着してくる。

彼方は、浴衣の胸元に手を滑り込ませた。

下着はつけていなかった。風呂上がりのスベスベ肌が直接指先に触れた。立派に成長したまろやかな乳房だ。大きすぎず、小さすぎもしない。吸いつくように、ぴた、と手のひらにフィットした。

初めて男に触られるのだ。

激しい心臓の鼓動が伝わってきた。

「澄乃のおっぱい、ふかふかしてて気持ちいいよ」

「やぅ、そんな……恥ずかしいよぉ」

「あんまんみたいだぞ」

「えう？　あんまん…」

また緊張しかけた澄乃の身体が、くにゃ、とリラックスしていった。

彼方は優しく揉《も》みほぐし、少女の乳房を愛おしんだ。丸く張りきっていて、ぷにっ、ぷにっ、と指を弾《はじ》き返してくる。柔らかな脂肪の奥に、しっかりとした芯《しん》が存在しているような感触だった。

部屋の電気を消したのは、澄乃の神秘性を奪いたくなかったからだ。

それでも、手のひらから伝わる瑞々《みずみず》しい身体のイメージが、柑橘系《かんきつけい》の天然っぽい体臭が、甘い吐息が、宝物のような少女だと彼方に教えてくれた。

「あふ……う、く…」

可愛らしい乳首をからかうと、ぴくんっ、と華奢《きゃしゃ》な肩が反応した。

「胸を触られるの、好きか？」

「ふぁ、あぁ…っ」

胸への刺激を受け止めるので精いっぱいなのか、はい、と応えたいのが、ふぁ、となってしまうようだった。

「かわいいぞ、澄乃」

「ふ、ふぁあ～」

ぴくっ、ぴくっ、と肩を跳ねさせ、恥ずかしそうに身じろぎした。

「あ、熱いよ、彼方ちゃんの…」

澄乃は、さっきから太腿《ふともも》に押しつけられているものが気になったのか、彼方の下腹部に手を伸ばしてきた。

「それに、すごく硬くなってるぅ」

「澄乃のおっぱい触ったからな」

「え、えう？」

「興奮すると大きくなるんだ」

「すごいよぉ……」

「澄乃の乳首だって、硬くなってるじゃないか」

「わ……ほ、本当だ」

驚いて自分の胸をまさぐり、素直に感動の声を漏らした。

彼方も感動していた。澄乃は性的にも無垢《むく》なままだった。性格もあるが、彼を待つことで純潔を保ってきたのだ。罪悪感と愛しさが同時に込み上げてきた。

もっと、もっと気持ちのいいことを教えてあげたかった。

浴衣の裾《すそ》を割り、しっとりした太腿をなで、足の付け根を愛撫《あいぶ》した。

「ぁっ……んくっ」

ショーツの上から敏感なところを指で探っていき、何度も谷間を往復させていく。擦っていくうちに、ふっ、ふぅっ、と吐息が弾んでき、んんっ、と鼻にかかった短い喘《あえ》ぎが漏れてきた。

「気持ちいいか？」

「な、なんだか……わたし……ヘンだよ」

戸惑っているような、不安そうな声だった。

くすぐったいのか腰をよじっている。

「ちっともヘンじゃないぞ。それでいいんだ」

「う、うん……でも」

「優しくしてやるから、安心しろ」

手をショーツに差し入れ、滑らかな腹部を通り抜け、少女の秘密に辿《たど》り着いた。

「そんな、恥ずかしいところ…」

性的な興奮で火照っている。

蜜《みつ》の滲《にじ》んだワレメに、ぬるり、と中指を潜り込ませた。

「ほら、澄乃の大好きなあんまんに指を挟んだぞ」

潤いが伝わってきた。

溝にそって、ぬる、ぬる、とスライドさせた。

「ち、ちがうよ。そこはあんまんじゃ……んぁぅっ」

ジンジンと充血して敏感になった澄乃の肉芽を、にゅるっ、と指の腹で擦り上げると、
ひくんっ、と腰が小さく跳ねた。

「や……やぅぅ」

「嫌ならやめるよ?」

意地悪で、彼方は訊いてみた。

澄乃は首を横にふったようだった。

「や、やぁっ」

「してほしいか？」

「うっ、んっ……くぅっ」

肉芽をいじるたび、くんっ、くくんっ、と面白いように少女の腰が跳ね上がり、はっ、あっ、はんっ、と甘い喘ぎが漏れる。

「ふぁ……ふぁい」

「ん？　してほしいか？」

「し、して……彼方ちゃん…し…て……んあっ」

「ここをいじりまわすと気持ちよくなるんだぞ」

「……うん」

「どうだ？　さっきより、ジンジンしてるか？」

「う、うん。す、すごく……ジンジンしてるぅ」

声が艶《つや》っぽく濡れ、未知の悦《よろこ》びで震えていた。

ボリュームのある太腿が、きゅっ、と股間《こかん》で愛撫する手を締めつけてきた。

ゆるんだ浴衣の胸元から、ますます甘くなった汗の匂《にお》いが発散されている。感じやすい体質なのか、どこもかしこも濡れはじめ、目覚めたばかりの性感が急速に開発されているようだった。

彼方を受け入れる準備を整えているのだ。

「澄乃の初めて、もらうぞ」

「い、いいよ……彼方ちゃん」

もう我慢できないほど彼方も昂《たかぶ》っていた。

澄乃のショーツを脱がし、ぐいっ、と足を開かせた。

安心させるように太腿をなで、腰を割り込ませていく。

「入れるぞ…」

彼方の充血したものが、ちゅく、と潤いの中心にあてがわれた。

信頼しているのか、はふー、と呼吸を弾ませながらも澄乃は身をゆだねてきた。

「う、うん…」

太腿をかかえ、彼方は押し込んでいった。

ぐんっ、と先端がめり込み、膜の抵抗を感じる。止まらない。止められない。ぐっ、ぐぐっ、と体重を載せていく。ひっ、と澄乃が痛みに震えた。ひぅっ、ひぐっ、と背中をのけ反らせていく少女を押さえつけ、侵入していった。

「ふあああぁぁあああぁぁぁぁっ」

みち、と裂けるような感触があり、彼方は埋没していった。

処女を失ったばかりの体内はキツかった。締めつけてくる。

それでも、隙間なく、ぴったり重なっていく。一つになる。

「はっ、はぁっ、はぅっ……彼方ちゃ……い、痛いよぉぉっ」

こんなに辛《つら》いと思わなかったのか、澄乃は半泣きになっていた。

「我慢できるか？」

「う、動いちゃ……やらぁ」

「動かないよ。澄乃が慣れるまでは――」

「ほ、本当に？」

「ああ。でも、これで初めて俺たちは繋がったんだぞ」

「……つな…がる？」

「身も心も……一つになれたんだ」

「え、えぅっ」

浴衣が乱れ、こぼれた二つの乳房へ、彼方は顔を埋めた。

尖った乳首を指で揉み込み、口に含んでコロコロと舌先で転がしていった。

「彼方ちゃん……彼方、ちゃん……彼方…ちゃ……んんっ」

ぎゅうぅ、としなやかな両腕が頭を抱いてきた。

柔らかな球体が、むぎゅ、と彼方の頬で潰《つぶ》れる。

澄乃の心臓が、どくっ、どくっ、と暴れていた。

興奮と、不思議な安らぎを、彼方は同時に味わっていた。しばらく静止していても、こうして抱きあうだけで、まったく萎《な》えなかった。澄乃に入っているだけで、ますます硬くなってくるようだった。

「そろそろ……いいかな？」

「い、いいよぉ……」

彼方の形が馴染《なじ》んでいき、澄乃にも別の衝動が芽生えてきたのかもしれない。

破瓜《はか》したばかりの少女を気遣いながら、彼方は慎重に動きはじめる。

小さく、ゆっくりと身体を揺すり、しだいに大胆にスライドしていった。

「はぅ……んっ……はっ……あぁっ」

感じてきたのか、澄乃の喘ぎが高まってきた。

彼方も甘酸っぱく疼《うず》いていた。

あっ、あくぅっ、と身体の下で身悶えている健気な身体が愛しくてたまらない。信じられないような一体感とともに、ズキッ、ズキッ、と快楽が育ってくる。腰の動きを抑制することができなくなってきた。

「す、澄乃……澄乃ぉっ」

「やっ、あっ、あぁっ、ひぁぁっ」

「ごめん、と、止まらないよっ」

暗闇の中で、二人の息づかいだけが荒くなっていった。

手足が絡みつき、前後に揺するスピードが加速していく。胸や腹の起伏がぴったりとパズルのように重なった。

あっ、あっ、あっ、と澄乃の喘ぎが切迫した。

「彼方っ、ちゃっ……つながっ……ふぁあああっ」

「ああ、そうだ、俺たちは繋がってる……うぅっ」

もう後戻りのできないほど射精感が高まっていた。

この少女を、誰にも渡したくなかった。

自分のものだという徴《しるし》をつけたかった。

全身で澄乃を感じたかった。

「澄乃っ、俺――イくっ」

「あっ、あぁっ、やっ、あっ、あぁぁぁあぁぁぁぁっ」

力いっぱい抱きしめ、彼方は澄乃の中に放っていた。

激しく痙攣《けいれん》しながら、大量にほとばしらせた。脳髄が焼き切れるかと思うほどの圧倒的な愉悦があった。いくら注ぎ込んでもおさまらず、がくっ、がくっ、としばらく腰が止まらなかった。

「痛かったな。ごめんな。よく耐えてくれたな」

「え、えぅ…わたし…わたしね…」

暗闇に顔を隠し、澄乃は嬉し泣きをしているようだった。

「すっごく気持ちよかったよぉ…」

あらためて彼方は確信していた。

彼方は澄乃を幸せにするため。

澄乃は彼方を喜ばせるために。

出会うべくして出会ったのだ。

——こうして、二人は幸せに暮しましたとさ——。

そんな昔話のむすびが似合いそうだった。

そして、疲れ切った二人は、深く——。

安らかな眠りに落ちていった。


翌日、先に起きたのは彼方のほうだった。

「お……もう、朝か」

隣では、澄乃が満ち足りた子猫のような寝顔を見せている。ストレートのロングヘアが寝乱れて、布団の上でうねりまくっている。

そっと抜けだし、用意しておいたプレゼントを手にとった。

「おい、起きろよ」

とんっ、とんっ、と澄乃の肩を軽く叩《たた》いた。

できれば昼まで休ませてあげたかったが、いつ家主のつぐみが帰宅してくるかと考えると、あまりゆっくりしている余裕はなさそうだった。

「……うみゅ〜？」

寝ぼけ眼で、澄乃は起き上がった。

「おあよ〜ござましゅ」

「起きたか？」

「あで？　なんで、彼方ちゃん、ここに……あっ」

ようやく昨夜のことを思いだしたらしい。

カァァァ、と雪のような頬が鮮やかに紅潮していった。

「あ、あわわわ」

「左手を出して」

「え？」

「誕生日おめでとう」

澄乃の手を引っぱると、するっと指輪をはめて、フリーサイズの金具で外れないよう微調整してやった。

先日、こっそり雪月雑貨店で買っておいた例のオモチャだった。

「これ、昔から欲しいって言ってたろ？」

「……彼方ちゃん、覚えてたの？」

「あたりまえだろ？　これも、ちゃんと約束したじゃないか。フリーターの稼ぎだと本物はムリだけど、これからいっぱい働いて、ぜったい買ってやるから、今のところはこれで我慢してくれ」

「これで充分だよぉ…」

澄乃は、まだ信じられないように、うっとりと指を見つめていた。カーテンの隙間から射し込む朝陽の加減か、ただのプラスチックにすぎない宝石がキラキラと本物に負けない輝きを放っていた。

「だから――」

一世一代の覚悟で、彼方は言い切った。

「だから、俺と結婚してくれないか？」

ふえっ、と驚いたように、澄乃の双眸《そうぼう》が見開かれた。

「わ、わたしで……いいの？」

「こんな男だから、もしかしたら苦労かけるかも知れないけど——」

「えう……いつも、一方的に……わたし、押しかけてたのに……」

「俺なりにがんばって、きっとおまえを幸せにするよ」

「彼方ちゃんの、気持ちとか、無視して……わがままばっかりで……でも、でもね——」

澄乃の長い睫毛《まつげ》が震えた。

つぶらな瞳に、じわ、と涙が盛り上がっていた。

「怖かったんだよ、わたし……こうでもしなくちゃ、また彼方ちゃんがいなくなっちゃうんじゃないかって……えっ、えうっ」

「俺は、澄乃じゃなきゃ嫌だよ」

「彼方ちゃんっ」

細い肩をしゃくり上げ、澄乃が抱きついてきた。

彼方は、優しく耳元で囁《ささや》いた。

「俺のお嫁さんになってくれるな？」

「喜んで…だよぉ」

「ありがとう、受け入れてくれて」

「夢じゃないよね……？」

「なに言ってるんだよ。澄乃のような女の子が結婚してくれるなんて……俺のほうが夢じゃないかって思ってるくらいだぞ」

「わ。同じ夢見てるの？」

くすくす、と腕の中で澄乃が笑った。

「ああ。だとしても、きっと永遠に覚めない夢だぞ」

「うん……わたし、彼方ちゃんのお嫁さんだよ～っ」

そのとき、まるでタイミングを計っていたかのように——。

「澄乃ーっ、誕生日おめでとぉぉぉーっ！」

「さらにーっ、ご婚約おめでとぉぉーっ！」

がたんっ、とふすまが乱暴に開かれ、つぐみと小夜里が乱入してきた。

「わ～いっ。ありがと～っ」

この状態を理解しているのかいないのか、まわりから祝福されたことで、澄乃は単純に大喜びしていた。

彼方は——一瞬で石化していた。

「どこで式あげる？」

「教会だったら隣村にあるわよ～」

「和装だったら、やっぱり龍神の社《やしろ》かしらね？」

「ハネムーンは龍神村一周できまりよー」

「わ〜い、わ〜い、わ〜い」

早朝から、とんでもない騒ぎになってしまった。

じつは、指輪を買ったときから小夜里にはプロポーズが近いことを見抜かれていたようだった。子供同士の他愛《たあい》もない約束事を覚えていたのは、なにも当事者ばかりではなかったのだ。

予想される決行日は、澄乃の誕生日に決まっている。

夜遊びと称して家を空《あ》けたのは、つぐみの計略だった。

そして、朝になってから首尾をたしかめるため、こっそり別館の二階に侵入して決定的な一言が放たれるまで待機していたらしい――。

恐ろしい人たちだった。

「さ、さ、さ…っ」

彼方は根性で石化から戻った。

「――小夜里さんっ」

背筋を伸ばして未来の義母へむきなおったが、真正面から微妙にオフセットしているのは完全に心の準備ができていなかったからだった。

心臓が口から飛びだしそうなほど、まだ動揺が残っている。

わーい、と娘と手をとりあって喜びをわかちあっていた小夜里は、徹夜明けとは思えないほどさっぱりした笑顔でふりむいた。

「あら、なにかしら？」

「む、む……娘さんを、お、俺にくださいっ！」

ようやく、それだけを喉から絞りだした。

「いっくらでもあげるわよー」

返ってきたのは、あっけらかんとした承諾だった。

ご近所へ野菜でもおすそ分けするような気軽さだ。

「好きなだけ持っていきなさーいっ」

保護者公認で、あっさりと結婚は決まったのだ。


「おい、上手《うま》くやったな、コンチクショウめ」

無表情で嬉々《きき》として絡んできたのは、当然のように芽依子だった。

あいかわらず彼方イビリをおのれの使命だと考えているらしい。

「喜んでいるのか、怒っているのか、どっちだよ？」

「失敬な。喜んでいるんだ。わからんか？」

「……普段から無表情なだけになぁ」

「まことにもって、遺憾《いかん》だ」

大威張りだった。

諦観《ていかん》の吐息を漏らし、彼方は、室内で展開されている光景を見まわした。

「小夜里ちゃーん、私たちも頑張りましょー」

「そうよね、つぐみさんっ」

「いい男を捕まえるのよぉぉーっ」

アダルトな美女二人組は、がっちりと腕をスクラムして、かんぱーい、と勝手に盛り上がっていた。

「あれはあれで遺憾に思うがな…」

さすがの芽依子も呆れ気味だった。

プロポーズの日から、すでに三日連続のどんちゃん騒ぎだ。

しかし、なぜに彼方の部屋で――。

やけにひろいと思ってたら、彼が寝起きしているスペースは、普段から身内同士の宴会場として活用されているようだった。

「おつまみできたよー」

澄乃が、刺し身と天ぷらをてんこ盛りにした大皿を運んできた。

「彼方ちゃんは、なに飲むの～？」

「俺、ウーロン茶でいいや」

体《てい》のいい宴会のサカナにされてふてくされていた彼方は、明日もバイトがあるからアルコール類を避けることにした。

「では、私もそれで」

「は～い。じゃあ、わたしもウ～ロン茶～」

「澄乃、乾杯の音頭をとるがいい」

「あんまーん！」

「うむ。あんまーん」

「……あんまーん」

それが乾杯の音頭かい、と心の中でツッコミを入れると、ふと澄乃が手にバンドエイドをまいていることに気づいた。

「おい、怪我《けが》したのか？」

「う、うん……ちょっとお魚切ってるとき、よそ見しててー」

あとになって思えば、これが兆しであったのかもしれない――。

ひく、と芽依子は眉をひそめ、静ひつな瞳で澄乃を見つめた。

「ふむ。こう見えても、澄乃の包丁さばきは見事なものなのだが…」

「へえ、そうなのか？」

「ああ、彼方さんを三枚に下ろすくらいは朝飯前だろう」

「勝手に下ろさないでくれっ」

「え～、下ろさないよ～、あれ～……なんか、ぐるぐるするよぉ？」

「澄乃？」

ウーロン茶しか飲んでいないのに、とろーん、と澄乃の瞳が色っぽく潤み、ぽわ～ん、と頬が赤らんでいる。

ふら～、と上体を揺らし、こてん、と彼方の肩にもたれかかってきた。

「うーむ、よく効くな…」

「おまえ、毒でも盛ったのかっ」

「いや、焼酎《しょうちゅう》を数滴垂らしただけだが」

「おいおい…」

「彼方さんや、そんなことより――」

ぎらり、と芽依子の目が怪しく輝いた。

澄乃の肩を抱きつつ、ずりずり、と彼方は尻で後退した。

「な、なんだよ？」

「昨夜は、澄乃としっぽりお楽しみだったのかな？」

「そ……そういう下品な言い方は、やめろ」

ちら、とダブル美女のほうをうかがうと、ひく、ひく、と二人ともしっかりと耳がこちらの会話を捕捉《ほそく》していた。

「私が求めているのは、そんな大人ぶった応えではないっ！」

どんっ、と芽依子はコタツをぶっ叩いて追及した。

「あーんな格好や、こーんなスタイルや、うら若き乙女に対して膨らませていた妄想のすべてを爆発させ、獣欲のかぎりを尽くし、あれやこれやと試してみたのかコンチクショウめ——と訊いてるんだが？」

「お、おまえは酒の席で新人ＯＬに絡む欲求不満のオヤジかーっ」

こんな友人が間近にいて、澄乃のピュアさが保てたのは龍神村の七不思議だろう。

「ダメか？　こーんな美少女が、こーんなエロチックトークを全開で口走るなんて、グッとこないか？」

「こんわいっ」

「超ショック…」

「真顔で言うな、真顔で」

「まったく、いくつになっても冗談の通じない男だ」

ふっ、と鼻先で笑われ、つい彼方もかっとなった。

「いつから俺を知ってるんだ、こらっ」

「だ・か・ら、前世からだと言っただろーがっ」

「うげ…っ」

彼方の額に、がすっ、とハードカバーの角が突き刺さった。


ようやく宴会が終了し、さすがに三日連続の疲れが出たのか、つぐみと小夜里は酔い潰れて寝息をたてていた。

彼方が大人二人を寝室まで運んでいき、次ぎに自分の部屋で澄乃が風邪をひかないよう布団へ入れてやっているうちに、洗い物を済ませた芽依子が厨房から戻ってきた。

「彼方さん…」

今度はどう絡んでくるつもりだ——彼方は警戒の視線をむけた。

「よく村に戻ってきてくれたな」

「え?」

芽依子は、寝息をたてている友人の顔を見つめていた。

「この子は、ずっと待っていたからな」

「あ……ああ、そのことか」

案外、友達想いの優しい奴なんだな、と彼方は見直した。

しゅるっ、と芽依子はマフラーを首に巻き直し、立ち上がった。

「では、私は帰るな」

「泊まっていかないのか？　もう、遅いぞ」

「ありがとう――でも、いい」

ふっ、と芽依子の目元が和らぎ、少し寂しそうで、どこか辛そうな顔に見えてしまったのは、彼方の錯覚だったのかもしれない。

「帰らないと、親が心配するからな」

「じゃあ、ちょっと待て。送るから」

「いや、一人で帰れる」

「なに言ってるんだよ、外は真っ暗だぞ？　危ねーじゃねーか」

「慣れている」

「いくら慣れてるからって――」

「いいから、彼方さんは澄乃のそばにいてやってくれ」

「……わかったよ」

しかたなく、芽依子をロビーまで送っていった。

「今日は、楽しかったぞ」

「ああ、俺もだよ。また、飯食いに来いよ」

「そうだな。では、サラバだ」

闇へ溶け入るように、芽依子の姿は消えていった。


部屋に戻ると、澄乃が布団から上半身を起こしていた。

親からはぐれた迷子のような、不安そうで、頼りない表情だった。

「起きたのか？　そのまま寝ててもいいのに」

声をかけると、びくっ、と驚いたように澄乃はふり返った。

「あ……彼方ちゃん……だよね？」

「そうだぞ？　どうした？」

「えと…なんでもない…よ」

「ん？　まだ酔ってるのか？」

ふるふると首をふり、澄乃は目元をごしごし擦った。

「め、芽依子は？」

「ついさっき帰ったぞ」

「そっかぁ…」

見送りできなかったのが残念なのか、しゅん、となってしまった。

「なあ、澄乃。せっかく目が覚めたんだったら…」

彼方はあることを思いついた。

「え？」

「いっしょに風呂でも入らないか？」

「……え、えう」

ぽぅっ、と澄乃の頬が桜色に染まった。


青白い月が湯煙で霞《かす》んでいた。

「す、すごく硬くなって……上むいてきたよ？」

丸みを帯びた下肢を湯船に沈めた澄乃が、わ、わ、わー、と驚嘆の声を放っていた。

岩場で腰かけている彼方の股間を覗《のぞ》き込んでいる。

瞳をキラキラと輝かせ、興味津々の様子だった。

「気持ちよかったり、興奮したりすると大きくなるんだぞ」

「もっと大きくなる？」

「当然だ」

「す、すごい〜」

澄乃は手に握ったものを、しゅっ、しゅっ、としごいたり、操縦桿《そうじゅうかん》のようにぐりぐりと回転させたりして、無邪気にもてあそんでくる。

彼方は、子供に悪い遊びでも教えているような背徳的な気分になってきた。

芽依子に挑発されたせいではないが、いろんなことを教えたくなった。

「あの……ちょっと、いいかな？」

そのまま、愛らしい唇に彼方のものを咥《くわ》えさせた。

「ん……あ……あむ」

澄乃は、目を閉じて素直に含んできた。歯をあてないよう苦心しながら、んー、んんー、と一生懸命になって頭を揺すり、やがてコツがわかってきたのか、だんだん動きがスムーズになっていった。

「ん…ん…んん……こう？」

「い、いいぞ、澄乃…」

頬の内側で擦れる性感に恍惚《こうこつ》となった。

小さな口いっぱいに頬張り、彼方を喜ばせようと健気に頑張っている。ぬぷ、ぬぷり、と唾液《だえき》で猥褻《わいせつ》に濡れ光る分身が清楚《せいそ》な唇から出入りしている。ビジュアル的な興奮度も満点だった。

「ひゅごい……本当に、大きくなってきたよ？」

咥えたまま、澄乃は両目を大きく見開いた。

「澄乃の乳首も勃《た》ってるぞ」

お返しに、ぷるっと柔らかそうな胸へ手を伸ばした。

薄桃色の先端が、こりっと硬く隆起している。

やわやわと指先で揉み込んだ。

ちゅぷ、と澄乃は口を離した。

「えう……気持ち……いいよぉ」

澄乃は瞳を半分閉じて、うっとりと微笑《ほほえ》んだ。

「彼方ちゃんも、気持ちいい？」

ぴくっ、ぴくっ、と肩を跳ねさせながら、みなぎったものに頬ずりしてきた。

「ああ。澄乃にこんなことまでしてもらえるなんて、すごく嬉しいよ」

「えう。彼方ちゃんの嬉しくなること、いっぱいしてあげるよー」

だが、彼方は我慢できなくなっていた。

膝《ひざ》にまたがらせ、後ろから一つになった。

「あうぅぅっ」

ずりゅ、と腰を沈めると、澄乃は悦楽に身をよじった。

まるで夢のようだった。

いや、夢ではなく、現実だ。

彼方は貫きながら自分に言い聞かせた。

抱きしめている熱い肉体は本物なのだ、と。

「すごい……澄乃が、俺をぐいぐい締めつけてるぞ。熱くて、キツくて……中で溶けちゃいそうだよ。俺を、離したくない……って、言ってる、ぞっ」

突き上げると、くちゅ、くちゅ、と結合部がいやらしく鳴った。

「うっ、あんっ、彼方ちゃん、き、気持ちいいよぅっ」

「澄乃っ、す、澄乃ぉっ」

少女の両足を後ろから持ち上げ、ぎゅうっ、と抱き寄せながら、ゆっさ、ゆっさ、と身体ごと揺すっていった。

「あっ、あぁっ、あっ、あっ、あんっ」

いくら抱いても、まだまだ足らないような気がした。

焦燥感と、飢餓感が腰の奥で渦巻いている。深く繋がるほど、なぜか切なさが、儚《はかな》さが募ってきた。今が幸福すぎるせいかもしれない。体を離したら、雪が溶けるように澄乃が消えてしまいそうな——そんな不安があった。

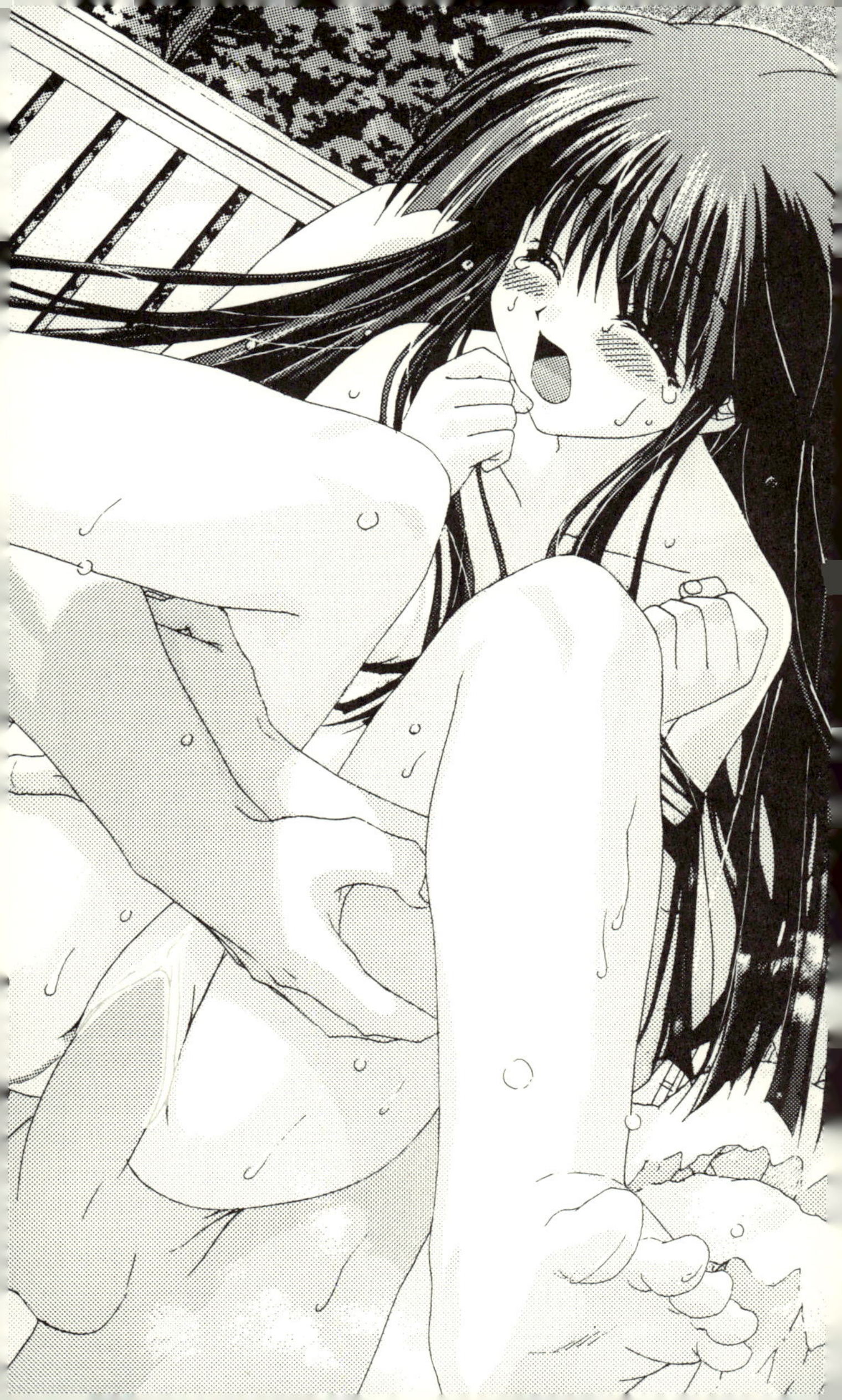

このまま一つに溶けあってしまいたい、と彼方は切実に願った。

身も心も、過去も未来も——。

「イくぞっ」

「か、彼方ちゃぁぁぁぁんんんんっ」

奥に放つと、きゅぅぅ、と澄乃は中で締めつけてきた。


山歩きで体力に自信がついてきた彼方は、バイトではなく社員になれないか、とつぐみに打診してみた。

挙式は澄乃が卒業してからとして、心配なのは収入面のことだ。小夜里と同居するにしろ、食いぶちが増えたぶんの生活費が必要になる。子供が生まれれば、もっと金がいるだろう。

ふっふー、と何事かを企んでいる笑顔で、つぐみは承知してくれた。

なにもかも、怖いくらいに順調だった。

彼方は、ついに自分だけの居場所を手に入れたのだ——。

先日は挙式の日取りを決めて、隣村までウエディングドレスを注文してきた。

遅ればせながら実家にも電話して、結婚のことと龍神村で生きていく決心を両親に報告した。息子《むすこ》のことはどうでもよさそうだったが、ぜひ花嫁に挨拶《あいさつ》したいから一度連れてくるように、と約束させられた。

「あんっ、もうっ。耳掃除するんだから、大人しくしてよ～っ」

　ぷんっ、と澄乃は怒っている。

「へーいへい」

　お尻をなでていた手を、あっさりと彼方は引っ込めた。

　すっかり住み慣れた旅館で、弾力のある太腿に頭を乗せている。

　澄乃は、うー、うー、と真剣に耳クソと格闘している。

　腿がポカポカして、少し汗ばんでいるのは、幸せでハイになっているせいかもしれない。

　春を思わせる穏やかな陽気だった。

「むむむ～」

「お、そこそこ…」

「えう～。とれたよ～」

かなりの大物を捕獲できて、澄乃は嬉しそうだった。

「なあ……春になったらさ、桜見にいこうぜ」

「桜？　ここは万年雪だから、咲かないよ～？」

「いや、実家の裏に公園があってさ、そこで毎年花見をしているんだ」

「ほ、本物？」

「まだ見たことないんだろ？　見たいか？」

「うん。見てみたいよ」

「じゃあ、春頃《ごろ》に帰ろうか」

「うん！　約束だよ！」

「ああ。約束だ」

幸福な日々がつづくことを信じていた。

いつまでも、いつまでも——。

第四章　悲恋の伝説

運命の手足は長く、つねに先まわりしてくる。

無力な人間たちを嘲笑《あざわら》うように——。

無感動に、無慈悲になぶっていく。

それは試練というには重すぎた。

どうして気づかなかったのか？

彼方は、いくら悔やんでも悔やみきれなかった。

前兆はいくつもあったのだ。

もしかしたら、なにか手を打てたのかもしれなかったのに……が、一番身近にいた小夜里でさえ、症状が表面化するまではわからなかったのだ。

澄乃に襲いかかった残酷な運命は——。


その異変に気づいたのは、いつものように水汲《みずく》みから戻ってきた彼方が、龍神の社《やしろ》を通り抜けようとしたときだった。

ちらちらと境内に雪が舞っている。天気予報によれば、本格的に降りだすのは夜になってからだということだった。

「あれ？」

拝殿の前で、ぽつん、と澄乃が立ち尽くしていた。

「もしかして、わざわざ俺を出迎えにきたのか？」

声をかけると、びくっ、とふり返ってきた。

彼方が驚くほどの勢いだ。

「……彼方、ちゃん？」

自信なさそうに、そう確認してきた。

「おいおい…」

あきらかに様子がおかしかった。

儚《はかな》げな雪を肩や頭に積もらせ、寒いのか、細かく身体《からだ》が震えていた。

うる、うる、と瞳《ひとみ》が不安を宿して揺れている。

「あたりまえじゃないか。未来の旦那様《だんなさま》だぞ？」

「本当に、彼方ちゃん……だよね？」

「あ、ああ…」

本当に、の意味がわからず、曖昧《あいまい》に彼方は頷《うなず》いた。

「こ……怖かっ…うっ」

目に涙をあふれさせ、澄乃がぶつかるように抱きついてきた。

なにが怖いのか、ひぐっ、ひぐっ、としゃくり上げている。

「おい、なにがあったんだ？」

彼方は戸惑い、澄乃の頭から雪を払ってやった。

「えっ、えぅっ、彼方ちゃん……怖い…よ…」

「だから、なにが怖いんだ？」

「ここ、どこ？」

「どこって……龍神の社だろ？」

「どうして？」

「は？　どうしてって…」

「わたし……どうして、こんなところにいるの？」

「澄乃？」

彼方は、白く、小さな顔を覗《のぞ》き込んだ。

「家、どこ…？　どうやって帰るの…？　わからないよ…？」

黒目がちな双眸《そうぼう》は真剣そのものだ。まるで彼方だけが現実であるかのようにキツくしがみつき、手を離した瞬間、地面が真っ二つに割れて奈落の底へ落ちてしまうと信じているかのような脅《おび》え方《かた》だった。

「わたし、お店にいたはずなのに……どうやってここにきたのか……どうやって帰るのか……ぜんぜんわからないよ？」

「な、なに言ってるんだよ」

なぜか彼方の背中が、ぞくっ、と冷えていった。

「わからない…んだよ…。やっぱり、おかしいよね…？　わたし、おかしいよね…？　わたし……お、おかしくなっちゃった、よ…？」

「お、落ちつけ、澄乃っ」

「わ、わたし……どうなっちゃったの？」

大粒の涙をボロボロとこぼし、澄乃は激しく泣きじゃくった。

少しでも安心させるために、彼方は抱きしめることしかできなかった。

「だいじょうぶだ。泣くな。俺がついてるから…」

だが、足元から現実が崩れていくような不安感が、確実に伝染してきた。

「助けて……彼方ちゃん……助けて……わたし……」

払っても払っても、真新しい雪が、澄乃の頭に落ちていく――。

「おかしくなっちゃったよ…」

びょう、と強風が境内を吹き抜けた。


「二人とも、落ちついて聞いてください」

橘診療所の廊下だった。

一通りの検査を終えると、澄乃を診察用のベッドに残して、誠史郎はさりげなく彼方と小夜里を連れだしたのだ。

「澄乃くんは……一種の記憶がなくなっていく病気でね、その症状は老人の痴呆症《ちほうしょう》にきわめてよく似ているんだ」

事実を冷静に告げるため、誠史郎の口調は抑制されている。

初対面のときには能天気な人だとしか思えなかったが、彼はたった一人で村人全員の健康を管理しているのだ。

きっと有能な医師なのだろう、と彼方は見直していた。

それでも、これから明るいことばかりが待っていたはずの少女の未来を思ってか、さすがに沈鬱《ちんうつ》な陰りは隠しきれていなかった。

「……それは、突然なるものなんですか？」

いつもの快活さはなく、小夜里は能面のように表情を失っている。

彼方と同じく、事前に気づくことができなかった悔悟で自分を責めているのだ。

「ええ、この手の病は突然くるんだ。人によって、ゆっくり時間をかけて少しずつ忘れていく人もいれば、ある日突然、すべての記憶がなくなる人もいる。澄乃くんのケースでは、進行状況も段階を踏んでいるようだけど——」

最初、症状は簡単な物忘れとして表面化した。

母親と交替でやっている家事を何回も忘れたり、買い物を頼まれて同じ物ばかりいくつも買ってきたり——あるいは料理の最中に、自分がしていることを忘れて手を怪我したりしていたらしい。

龍神天守閣での宴会でも、その萌芽《ほうが》はあった。

普段からぼうっとしている澄乃を見慣れているから、小夜里も彼方も、すぐには気づかなかったのだ。

「あの、治る可能性は……」

彼方が訊《き》くと、すまなそうに誠史郎は首を横にふった。

「記憶や忘却のメカニズムについてすら、まだ完全に解明されていないのが現状だし、治療方法も確立されていないんだ。なにかの拍子で一時的に回復するケースもあるけど……また戻ってしまうことも多いんだよ」

「そんな…」

「あの子はどうなるんですか？」

小夜里の声を、愕然《がくぜん》とした彼方は遠く聞いていた。

「このまま症状がすすめば、さらに記憶を失っていきます。痴呆症の老人と同じで、食事をしたことを忘れたり、あたりを徘徊《はいかい》するといった症状も出てくるでしょう。そして、最終的には——」

家族のことも、好きな人のことも——。

忘れてしまいます…、と誠史郎は応《こた》えた。

「その後、どうなるのかは、天に任せるしかないんだよ」

廊下では時間が凍りついたようになっていた。

雪の積もる音が聞こえそうなほど、静かだった。

彼方も、小夜里も、言葉を失っていた。

「よろしければ、入院の手続きをしますけど？」

「いえ……澄乃は、うちで」

蒼白《そうはく》な顔で、気丈に小夜里は首をふった。

わかりました、と誠史郎も頷いた。

「ともあれ、まだ初期段階ですし、しばらく様子を見ましょう。いずれにしろ、看護やりハビリには家族の助けが不可欠ですから。――でも、あまり無理はしないように。必ず治さなくてはというプレッシャーは気力も体力も消耗させますし、澄乃くんばかりでなく、あなたたちまで追いつめてしまう」

「はい…」

「もし手に負えないことがあれば、いつでも連絡をください」

「ありがとうございます」

深々と頭を下げる小夜里の後ろに、芽依子の姿があった。

あの静ひつな瞳で――。

痛々しそうに、彼方を見つめていた。


彼方たちの祈りも虚《むな》しく、澄乃は急速に悪化していった。

母親の手伝いをしたり、彼方と会ったり、本人はなにごともなかったように過ごしているつもりだったが、やがて記憶が途切れがちになって、一人で出歩くことが難しくなっていった。

しかたなく、小夜里は外出を制限した。

わけもわからず家に閉じ込められ、戸惑い、文句を言い、拗《す》ね、悲しみ、憤り、だんだん澄乃は不満をため込んでいった。

彼女に自覚はないのだ。

忘れたことさえ忘れていくのだから——。


『こっちはいいから、小夜里ちゃんを手伝ってあげて——』

そう言ってくれたつぐみに感謝して、彼方は雪月雑貨店にむかった。

店に入ると、居間のほうから苛立《いらだ》った澄乃の声が聞こえてきた。

「お母さん、どうして？　どうして、わたしのご飯がないの？」

「さっき食べたでしょ？　覚えてないの？」

「食べてないもんっ。わたし、ぜんぜんご飯食べてないよーっ」

「す、澄乃…」

澄乃はかんしゃくを爆発させ、きっ、と母親を睨《にら》みつけていた。

「ひどいよっ。お母さん、ひどいよっ」

「い……いい加減にしなさいっ」

小夜里の手が一閃《いっせん》した。

ぱんっ、と澄乃の頬《ほお》が鳴った。

「小夜里さんっ」

彼方は靴を脱ぎ、慌てて中に上がっていった。

小夜里は、娘を殴った手を呆然《ぼうぜん》と見つめていた。

胸が痛み、彼方は目をそむけたくなった。あれから一週間とたっていないのに、あの気丈な女性が消耗しきっている。

たぶん、澄乃のわがままはこれが初めてではないのだろう。不定期に、同じことが繰り返されているのだ。

「ごめん……な…さい」

打たれた頬を押さえ、澄乃はうずくまっていた。

「お母さん……ごめ……ごめ…な…はぁい」

ハッと小夜里は我にかえった。

「澄乃……もういいのよ。あたしこそ、ごめんなさい。あんたを殴るなんて……バカね。

ちょっと疲れてたのよ」

「いっぱい……迷惑…かけてる…。ごめん…なさ…い」

「な、なに言ってんのよ…」

優しい声でなだめ、小夜里は泣きじゃくる娘の髪をなでた。

「謝らなくてもいいのよ。あたしが悪かったの。だから……ほら、彼方くんもきてくれたから、もう泣かないで。ね？」

「えう……彼方…ちゃん？」

ひぐっ、と泣き顔で、澄乃は見上げてきた。

「そうよ。彼方くんよ」

「えうっ、ごめん…なしゃい……彼方ちゃん……ご、ごめ」

「澄乃…」

「な、なんで俺に謝るんだよ…？　俺、なにも困ってないぞ？」

「う…ううん…だから…ごめん…な…しゃ…」

ふいに彼方は理解した。

澄乃は本能的に自分の状態を悟っているのだ。

漠然とした恐怖にさらされ、残った理性が苛立ちを感じている。不安がストレスを増大させて、こうやって幼児のように感情を爆発させることで、かろうじて心のバランスを保っているのだ。

「おまえは……なにも悪くないよっ」

ほとんど彼方は叫んでいた。

それでも、泣きながら澄乃は謝りつづけた。

ごめんなしゃい、ごめんなしゃい、と。

昔、彼方がオモチャの指輪を盗んで怒られたときのように——。

彼方と小夜里は、澄乃を部屋まで運んでいった。

感情が昂《たかぶ》りすぎていたのか、着替えさせてベッドに入れると、澄乃は辛《つら》い現実から逃避するように寝息をたてはじめた。

「とんでもないことになっちゃったね」

二人で居間に戻ると、小夜里がムリに笑顔をつくってみせた。

「ごめんね……娘があんなになっちゃって」

運命ですよ、と彼方は静かに呟《つぶや》いた。

「え…？」

「俺は、自分の意思でこの村にやってきたし、自分の意思で残ることを決めたし、自分の意思で澄乃を、嫁にすることも決めた。ぜんぶ自分で決めたんだから……あとのことは運命だと思うんです」

そう言って、彼方も笑ってみせた。

「そうかもしれないわね…」

「そうですよ……きっと、ね」


その日から、澄乃の体調は崩れ、寝込むことが多くなった。

揺れ動く感情に身体がついていけないのかもしれない。

しんしんと雪が降り積もっていくように——。


愛《いと》しい、愛しい少女は、静かに壊れていった。


彼方は、澄乃を龍神湖に連れていった。

体力が衰えていたから、背負っていくことになった。

山歩きで鍛えた今の彼方には簡単なことだった。

「身体しんどいの治ったら、どっかいこうか？」

「どっか？　どこ～？」

「そうだなぁ……あ、そういえば、本物の桜が見たいって言ってたよな？　この村は万年雪だから、桜が咲かないって」

「え？　そんなこと言ってないよ？」

小首を傾げ、不安そうに澄乃は応えた。

「なんだ、忘れちゃったか？　まぁ、いいや。とにかく、見にいかないか？」

「う…うん」

「な？　約束な？」

「わかったよ～」

「それから、映画も見にいこう」

「わ。そんなに、たくさん？」

「ああ、まだまだいくぞ。遊園地や、お祭りにもいこう」

「……そんなにいけないよ？」

「いや、いこう。俺が連れていくから。絶対いこう。な？」

「えぅ…」

「じゃあ、指切りだ」

「…う、うん」

澄乃は、日に日に過去を失っているようだった。それがわかっていたから、なんとか記憶を繋《つな》ぎ止めようと、想《おも》い出《で》の場所を巡っているのだ。

とくに龍神湖は、二人でデートしたり、スケッチをしたりして、澄乃にとっても記念の場所であるはずだった。

だが、澄乃の反応は鈍かった。

ときどき、どうしてこの人といっしょにいるんだろう、と不思議そうな顔さえすることがあった。彼方は気づいていた。しかし、それを認めたくなくて、あえて明るいふりをしていた。

記憶は最近のものから確実に失われていくようだった。

もう旅館で肌をあわせたことも覚えていないだろう。

記憶がなくなってしまうということは、過去を失っていくということだ。人間は、生きてきた時間の積み重ねでできている。あれほど愛しあった澄乃が、別の人間になっていくようだった。

積み上げても、積み上げても、片っ端から崩されていく。

まるで、呪《のろ》いのようだった。

芽依子が教えてくれた龍神伝説の悲恋――。

バカな、と彼方は思う。

気弱になってもしょうがない。

考えてみれば、再会してから一ヶ月とたっていないのだ。

単に二人が再会した頃《ころ》に戻るだけだった。

忘れていくなら新しい想い出を作っていけばいい。澄乃は、十年前の約束を覚えてずっと待っていてくれた。彼方を追いかけてくれた。だから、今度は彼方が待って、追いかけていく番だった。

「腹が減らないか？　ほら、澄乃の好きな、あんまんがあるぞ」

「…あんまん」

「好きなだけ食べていいぞ」

「…いらない」

「な、なに言ってるんだ？　大好物のあんまんだぞ？　おまえ、命の源とか言ってたじゃないか？　食わなきゃ……命の源なんだろーが？」

強引にすすめたせいか、ようやく一つだけ手にとった。

とうに冷めているが、いつもの澄乃だったら喜んで食べるはずだった。

「…う…」

ぱく…、と眉《まゆ》をひそめて口に含んだ。

「うまいか？」

「……いらない。まずいよ…」

彼方は、また一つ、絆《きずな》が消えたことを知った。


澄乃が高熱で倒れたのは、その晩だった。

往診に忙しい誠史郎の代役でやってきたのは芽依子だった。

澄乃に解熱剤を飲ませて居間に戻ってきた芽依子は、ただの風邪だ、と診断結果を伝えた。

彼方と小夜里は、ホッと顔を見あわせた。

「だが——どうやら、私のことは忘れてしまったようだ」

芽依子はポーカーフェイスを保ち、ずずー、と茶をすすった。

愕然としたのは彼方と小夜里だった。

「め、芽依子ちゃん…」

「そんな…」

「いや、親しくさせてもらっているが、付き合いからいえば彼方さんのほうが古いからな。十年前、私は別の場所で暮していたんだ」

医者の娘らしく、淡々と現実を認識しているようだった。

小夜里は悲痛な目で芽依子を見つめた。

ショックがないはずはない。悲しくないはずはない。

強く、不思議な少女だった。

「そうだったのか…」

「じゃあ……そのうち、俺のことも」

「たぶん、な。もう嫌になったか？」

「そんなことは…」

「こうなったら、村から出ていっても誰《だれ》も責めないだろう。つぐみさんや小夜里さんだって……もちろん、私も逃げたなんて思わないぞ」

小夜里も、微笑《ほほえ》みながら頷いた。

彼方は、への字に口を曲げた。

「俺の嫁だぞ？　澄乃を見捨てるわけがないじゃないか」

ふっ、と芽依子は微笑んだ。

「やっぱり……優しいな、彼方さんは」

印象に残る笑顔を残して芽依子は帰っていった。

なぜか診療所ではなく、神社の方角だった。

幸い——翌朝には澄乃の熱は下がっていた。

雪月家の居間を借りて、彼方は眠っていた。

昼間は澄乃の面倒で疲れているというのに、浅い眠りしか貪《むさぼ》ることができない。きりきりと神経の軋《きし》む音が聞こえてくるようだった。

ただ待っているのが、こんなに苦しいものだなんて思わなかった。

回復する兆しはまったくないというのに、いつまで、こんなことをつづけなければならないのか――。

積み上げても、積み上げても、片っ端から崩れていく。

まるで賽《さい》の河原だ。

これが夢だったらいいのに、と思う。

すべてが悪夢であったなら、どんなによかったか。

目が覚めれば、見慣れた狭いワンルームの天井が見える。こんな雪に閉じ込められたような村ではない。彼の街だ。隣の駅には、両親の住む実家があって……彼方は気楽にフリーターとして今日もでかけるのだ。

がら…、と店のドアが開く音で目覚めた。

寒気がここまで入ってくる。

「誰だ？」

服を着たままだったから、コートだけはおって外にでた。

店の前に、ふらり、と澄乃がいた。こんな深夜にどこへいくつもりだったのか、いつものベレー帽をかぶって、白いコートも身につけていた。

「……起きてたのか？」

苦い想いが胸中を染めていく——。

ついに徘徊がはじまったのだ。

「あーあ、裸足で……寒いだろ？　ほら、部屋に戻るぞ」

念のため、澄乃の額に手のひらをあててみた。

「熱は？　計ってみたか？」

そのとき、澄乃がふり返った。

見覚えのない、別人のようだった。

「あなた…」

「え？」

「あなた……誰？」

「す…」

きゅぅ、と彼方の心臓に氷の塊が生じた。

おまえなんか知らないよ、とその目は言っている。どうしてここにいるの、と訊いている。なぜ自分に触れてるのか、と憤っている。結婚のことも、旅館で泊まった夜も、湖のデートも、十年前の約束も、なにもかも知らないよ、と——。

「澄乃——」

感情が麻痺《まひ》して、どう応えていいのかわからなかった。

勝手に身体が動き、澄乃を抱きすくめていた。あのときと同じ身体だ。柔らかく、温かく、彼を迎え入れてくれた——。

彼方は無理やり唇を重ねた。

「いやっ！　いやぁぁぁぁっ！」

腕の中で、澄乃が暴れ狂った。

全身で彼方を拒否している。

可憐《かれん》な顔を支配しているのは恐怖だった。

それでも、強引に舌をねじ込んでいった。

「か、彼方くん、どうしたの？」

浅い眠りを破られた小夜里が、外の騒ぎを聞いて寝巻姿のまま飛びだしてきた。

最後に残った理性が、拘束する腕の力をゆるめた。

「お母さんっ」

「……くっ」

澄乃は逃れるときに、彼方の顔をひっかいた。

左薬指につけていた指輪が、がりっ、と頬に傷をつくった。のけ反った隙《すき》に、澄乃は母親の胸へと飛び込んでいた。

「お、お母さん、怖いよぉ、この人が――」

ふり返り、憎しみを灯《とも》した目で彼方を睨んだ。

「え、この人…？」

顔を押さえ、呆然と立ち尽くしている彼方の様子から、勘の鋭い小夜里は状況を悟ったようだった。絶望感で足元が崩れようとしたが、母親としての矜持《きょうじ》が娘の頭を優しくなでさせた。

えうー、と澄乃は嬉《うれ》しそうに目を細めた。

だが、その母親さえも、じきに忘れてしまうのだろう。

「あれ……これ、なに？」

ケロッと彼方の存在を忘れてしまった澄乃は、自分の指を不当に締めつけている指輪に気づいた。

「邪魔だから、いらないよ？」

指からむしりとると、ぽいっ、と無造作に投げ捨てた。

踏《ふ》み潰《つぶ》されて凍結した雪の上に、ちゃらっ、と転がったのは、ただのプラスチックで成型された安オモチャだった。

「お母さん、お腹、空《す》いた…よ」

「彼方くん…」

青ざめた小夜里の唇から悲壮な呟きが漏れた。

「は…はは……は…」

彼方は、もう笑うしかなかった。

小夜里は手であふれる涙を隠し、視線を外した。

彼方の顔は、きっと筋肉が硬直し、ロウ人形のように無気味な笑顔になっているのだろう。頬を押さえていた手を見ると、赤いものが付着している。指輪の器具で裂かれ、血が滲《にじ》んでいるのだ。

「俺に……なにができるって言うんだ?」

なにもできるはずがない。ただの、人間の、男でしかないのだ。神様でもなんでもない。好きな女の子一人すら自分で助けることもできない、無力で、ちっぽけで、情けない男なのだ。

記憶を失った澄乃は、もう彼方の恋人とは言えない。

新しい想い出を作っていけばいい——。

それは嘘《うそ》だ。

ただの強がりだった。

人間は、過去の積み重ねで生きていくものだ。記憶がなくなった瞬間、その人間は、この世から消滅してしまったのと同じだった。

こんなにはやく別れがくるとは思っていなかった。

さっき、澄乃の世界で、彼方は死んだのだ。

彼方が知っている澄乃もいなくなっていた。

もっと優しくできたはずだった。もっと話しあえることもあったはずだった。一分でも、一秒でも、いっしょにいてやりたかった。同じ時間を共有し、同じことを体験し、同じことで笑い、同じことで泣き——。

狂おしい愛情で、つつんでやることができたはずだった。

永遠にとはいわない。

天の上にいる誰かが、許してくれるまで——。

それを永遠と呼んではいけないのか。

ごろ、と春雷が鳴った。

その瞬間——。

彼方は思いだしていた。

事故にあったとき、澄乃がしてくれたことを——。

「か…彼方くんっ」

気がついたときには、全力で峠道へ走りだしていた。


暗く、足元すら覚束《おぼつか》なかった。

神社に照明はなく、雲を通した夜空の光が、かろうじて石段を浮かび上がらせている。

びょう、びょう、と。

冷たい強風が頬を剃刀《かみそり》のように切り裂いた。

彼方は駆け寄ると、がらんっ、がらんっ、と鈴緒《すずお》をふった。

一心に拝んだ。

——澄乃の記憶を戻してほしい。

龍神に、そう願った。

今度は石段を駆け下りて、拾った小石を一番下の段に積んだ。

あとは、これを百回繰り返せばいいのだ。

彼方は、また駆け上がっていった。

こんなことで澄乃の病気がどうにかなるはずがない。

だが、迷信だとわかっていても、神にすがりつきたかった。理不尽な激情と、荒れ狂う衝動が、やみくもに身体を突き動かしている。なにかをしていないと頭がおかしくなり、心が砕けてしまいそうだった。

いや、もうおかしくなっているのかもしれない。

有効な手段もなく、黙って耐えているのは辛すぎた。

もう一度、澄乃に名前を呼んでもらいたかった。

もう一度、澄乃の笑顔を見たかった。

二つ、三つ、四つ……小石の数が十を越えたあたりから雪が降りはじめ、やがて吹雪《ふぶき》になっていった。

それでも、彼方はやめなかった。

他にできることはなかったのだ。

完全な闇《やみ》の中で立っていることができなくなり、しかたなく、手をついて石段を這《は》っていった。

勘に頼るしかない。手探りで一段ずつ上がっていくと、五感が研ぎ澄まされていくようだった。神社の息づかいさえ感じられた。鳥居をまたぎ、境内までつづく石段が、まるで生き物のように脈打っているみたいだった。

——この社は生きている。

初めて、そう感じた。

おそらく何百年もの昔から存在している由緒ある聖地だ。幾千もの祈りが、願いが、想いが、ここで呟かれたことだろう。

雪と石に触れ、体温が手のひらから奪われていった。

——澄乃、おまえのためなら、俺はなんでもするだろう。

吠《ほ》えるように、天へと祈った。澄乃がいなくなった世界で生きていくのは嫌だ。奪うのなら、自分の命を奪うがいい。どうせブラブラしてきた人生だ。愛する人のためなら、失っても惜しくない。

『……お帰りなさい、だよ』

ただいま、と彼方も応えたのだ。

『彼方ちゃん、また明日だよ～』

また会おうね。また、明日、会おうね。

寂しがり屋の少女は、別れるたびに、そう言うのだ。

そうだ。明日も会おう。

いつだって、会っていたかったのだ。

『ずっとね……戻ってきてくれる日を……ま、待ってたんだよ』

マイペースで、要領が悪くて、子供っぽくて、動きがトロくて、後先考えなくて、そそつかしいことばかりする女の子だった。

一途《いちず》で、純粋で、お絵かきが好きで、あんまんが好きで――。

ああ、絵も、あんまんも、みんな、みんな彼方の代わりだったのだ。

他愛《たあい》もない会話が、宝石のように貴重に思えた。言葉は残らない。ぼろぼろとこぼれていく。記憶に焼きつけられるだけだった。それが、透明なほどピュアになった少女から、すべて消えてしまった――。

『わたしは、彼方ちゃんと離れる瞬間が、一番怖くて……寂しいよ？』

彼方も怖かった。寂しかった。離したくなかった。

どうして、そう言ってあげなかったのか――。

涙が凍りついても――。

今の彼方は祈ることしかできなかった。

小石が三〇を越えると、もういくつ積んだのかわからなくなった。鉛のような疲労が全身を覆い、関節はガタガタになっていた。石段で擦《こす》れてズボンの膝《ひざ》が破れ、皮膚も裂けて激痛をうったえている。

「なんで……澄乃が……こんなめにあわなくちゃ……っ」

罵《ののし》っても、叫んでも、誰も応えてはくれない。

自分の声だけが虚しく鼓膜を震わせる。

万年雪に覆われた村を支配しているのは、この沈黙なのだ。

彼方は運命を呪った。怒りがあった。悲しみがあった。絶望があった。

ただ、吹きつける雪が彼を罵っている。

おまえのせいだ——と。

龍神の社が囁《ささや》く。

これは、おまえたちの罪なのだ——と。

怒りもなく、悲しみもなく。

優しく、諭すように囁いた。

「罪？　なんの罪だっていうんだっ？　俺がなにをした？　澄乃がなにをした？　ふざけるなっ。これが……これが龍神の悲恋だっていうのかっ」

それでも、おまえたちのせいだ、と返ってくるばかりだった。

誰が、それほどの罪を犯したというのか。

澄乃か、自分か——あるいは、二人がか。

境内の真ん中で倒れ、彼方は動けなくなってしまった。

容赦なく吹雪が叩《たた》きつけてくる。

がらっ、ががっ、と春雷が轟《とどろ》いた。

近くに落ちたのか、轟音《ごうおん》とともに、目の前が明るくなった。

疲労の極みにあった脳裏に、一瞬、不思議なヴィジョンが爆発した。

幻覚とは思えないほど、鮮やかな緑が網膜に焼きつく。

生命力に満ちたな山々。

雪のない、夏の龍神村だった。


——悲しみの輪廻《りんね》を断ち切るがいい——。


そんな声を、たしかに聞いたような気がした。

切なくなるほど美しい丘の上で、若い男が悄然《しょうぜん》と立ち尽くしている。

頭上には胸のすくような蒼天《そうてん》がひろがっているというのに、彼の表情は抜け殻のように虚ろだった。時代がかった神主のような衣。あちこちが切り裂かれ、清浄なる白装束が鮮血で穢《けが》されている。

その足元には、異国風の着物をまとい——。

とうに息絶えた黒髪の少女が横たわっていた。

少女は人間ではありえなかった。

その頭部には——。

幻覚が消えると、すぅ、と気が遠くなっていった。

疲れていて、動きたくなかった。ひどく目蓋《まぶた》が重い。手足の痛みはなく、雪さえ、もう冷たくはなかった。このまま眠ってしまいたい。

視界の隅で、なにかが輝いていた。

龍神湖の方角で、光っているものがあるのだ。

オーロラのような光の柱が、うねりながら天へと屹立《きつりつ》していた。

——龍神だ。

薄れていく意識の中で、そう思った。

あれこそが、龍神なのだ——と。


彼方は、石段を上っていた。

穏やかな気分だった。

すっきりと空は澄み渡り、心浮きたつほどなにもかもが眩《まばゆ》く見える。

冬の日にしては珍しく、コートがいらないほど暖かかった。

見上げると、鳥居があった。

記憶よりも鮮明な朱色に塗られていた。

神社の境内に、彼方はむかっているのだ。

「あははは…」

「こっちじゃ、こっち、母上ー…」

「はいはい…」

若い女性の声。小さな女の子の声。

親子連れなのか、にぎやかだった。

くすくす、と楽しげに笑っている。

「転ぶよ～」

「うふふふ、うふふ」

二人の笑い声を聞いているうちに、なぜか彼方も微笑んでいた。

明るい陽射《ひざ》しによく似合っている。

仲睦《なかむつ》まじくじゃれあっている様子が目に浮かぶようだった。

「…どうしたの、桜花《おうか》ちゃん？」

「母上ー、まだこないのじゃ…」

「えう……そうだね、遅いね」

誰を待っているのだろうか——。

ぐっと胸が切なくなる。彼方は、この女性を知っていた。

石段を上っていく足が、いよいよ軽やかになっていった。

「もう待ちくたびれたのじゃ」

「わ。もうちょっとしたら、きっとくるよ～」

「でもぉ」

「だいじょうぶだよ～」

すっかりじれている女の子を、若い女性は困るでもなくなだめていた。

慈しむような、無限の愛情がこもった幸せそうな声だった。

「もう会いたくないの？　せっかく今まで待ってたのに？」

「会いたいのじゃ。すごく、会いたいのじゃっ」

甘えるように、ばたばたと女の子が足を踏み鳴らした。

「わたしもだよー。だから、もう少しだけ待ってよう？　ね？」

「うんっ」

「はやくこないかな～」

「こないかな～」

くすくす、とふたたび彼女たちは笑いだした。

ついに、彼方は最後の石段を踏み上がった。

境内には照り返しの光があふれていた。

ちちち…、と鳥が鳴いている。

さわさわ…、と木々が揺れていた。

二人は境内の隅で野花を摘んでいた。

あまりにも、すべてが平穏だった。

彼方は優しい気分になっていた。

「…あ」

「あっ」

若い女性が、くるっ、とふり返った。

ああ、こんなところにいたのだ。今まで、どこに隠れていたんだろう、と思う。こんなに自分を哀《かな》しませ、さんざん寂しがらせたくせに、まるでそんなことなかったかのようにニコニコと笑っている。

「澄乃…」

手を伸ばせば届くところに、大好きな笑顔があった。

「彼方ちゃんっ」

「やっと……帰ってきたのじゃ」

小さな女の子も、抱きついてきた。

ああ、ただいま――と彼方は微笑んでいた。


「彼方ちゃんっ！　彼方ちゃんっ！」

誰かに身体を揺すられていた。

うつ伏せになっていて、背中がポカポカと温かかった。

いい天気だった。

このまま、ずっと寝ていてもいいくらいだ。

「彼方ちゃんったらーっ」

また、誰かに肩を揺すられた。

痛い。筋肉痛で、あちこちが軋んでいる。

「こんなところで寝てたら、風邪ひくよー？」

舌ったらずの、懐かしい声だった。彼方がよく知っている声だ。いつもでも聞いていたいと願っていた声だ。

澄乃――と頭に浮かんだ。

しょうがない奴《やつ》だな、と口元に苦笑が浮かぶ。

方向音痴だから、彼を探していて、また一人で迷ってしまったのだ。

急速に意識が浮上していった。

「す、澄乃……？」

すっかり目覚めたが、仰向《あおむ》けに転がるだけで精いっぱいだった。

信じられない顔で、自分を起こした少女を見上げた。

「彼方ちゃん、あんまん、食べる？」

「おまえ……」

完全に記憶をとり戻している。

あの笑顔で——彼方の名前を呼んでくれた。

奇跡が起きたのだ。

「ほっかほかだよ～」

彼方は、澄乃が倒れるのもかまわず抱き寄せていた。

「えうっ？」

「す……澄乃……澄乃っ」

「彼方ちゃん、泣いてるよ？　どうしたの～？　転んでどこか痛いの～？」

澄乃は、自分が痴呆症だったことは覚えていないようだった。

記憶が回復した直後に、なぜ彼女が神社へやってきたのか、そんなことはわからない。

今はあえて訊く気にもなれなかった。きっと、またとんちんかんな応えが返ってくるのだ

ろう。

だが——。

たぶん、澄乃は彼方に会いにやってきたのだ。

理由はわからない。

十年前から、ずっと待っていたのだから——。

そう彼方は固く信じた。

「よかった……本当に、よかった」

「えぅぅ、わたし、心配だよー？」

澄乃ー、と石段のほうから、小夜里の声が聞こえてきた。今朝になって、いなくなったのに気づいたのだろう。

彼方ちゃーん、とつぐみの声も聞こえてきた。

芽依子や誠史郎の呼びかけも耳に届いた。

小春日和の陽射しが、二人にぬくもりを与えていた。

エピローグ

世界は静寂につつまれていた。

彼方は、背中に澄乃を背負っている。

雪のカーテンで、ほとんど前が見えなかった。

「……彼方ちゃん…」

ふぅ、ふぅ、と首筋に澄乃の息がかかっている。

容体を悪化させないように精いっぱいの厚着をさせていたが、それでも、少女の身体《からだ》は羽が生えているように軽かった。

「ん？　なんだ？」

ふり返る余裕もなく、彼方は聞き返した。

「新婚旅行、どこにしようか…？」

「そうだな。澄乃はどこがいい？」

「あのね……海が見えてて、山もあるところ」

「わかった。だから、はやく風邪治そうな？」

「うん。治すよぉ……新婚旅行は……絶対、ハワイだよ…」

「海がいいか？」

「……真夏の太陽、浴びてみたい…よ…」

「よっし。じゃあそこにいくぞ」

「うん……それでね、彼方ちゃんの実家にいって、お義父《とう》さんとお義母《かあ》さんに、ちゃんとご挨拶《あいさつ》してね……たくさん…桜も…見て…」

少しでも先にすすみたいのに、深く降り積もった雪が邪魔をしていた。

澄乃は、また高熱を出したのだ。

額に触ると信じられないほど熱くて、体温計の目盛はすぐ四〇度を超えた。

仕入れのため、昨日から小夜里は隣村まででかけたままだった。今年一番の大雪で交通がストップし、まだ軽トラは帰っていなかった。

血相を変えて診療所に電話したが、受話器は沈黙していた。昨夜から降りつづいている積雪に潰《つぶ》され、回線が切れてしまったのかもしれない。

もし連絡がとれたとしても、この天候では――。

『……ドレス、とりにいけるよね？』

今日はウエディングドレスが出来上がってくる日だった。

だから、どうしても見たい、と澄乃は駄々をこねた。

立っているだけでも身体がグラついて、とても出歩ける状態ではなし、一刻もはやく医者に診《み》てもらわなくてはならないのに――。

だが、彼方は説得することができなかった。

『ドレス…見たい…よ？』

熱が高いのに、澄乃の顔は透けるように白くなっていた。

嫌な――予感があった。


「盛大な花見をやろうぜ」

「桜、いっぱいだよね…？」

「ああ。もう、売るほど咲いてるぞ？」

「どんな形なの…？」

「たしか、花びらが五枚で……あ、でも桜の種類によってちがうんだ。あと、種類によっては咲く日もちがってきたりするんだぞ」

「きれいな色…？」

「ああ。薄い桃色だ」

「桜の絵、描《か》ける？」

「もちろんだ。たくさん描いてくれよ」

「うん、描くよぉ…」

もっと声を聞きたかった。

彼方は、ざっく、ざっく、と雪を蹴散《けち》らしていく。

なんのために龍神へ祈ったのか。願いは叶《かな》うはずではなかったのか。想いは成就するものではなかったのか。なにが奇跡だっ、と心の中で絶叫する。こんな運命など認めたくなかった。

「たくさん桜、見るんだよな？」

「えぅ…」

「スケッチもするんだよな？」

「するよぉ…」

「新婚旅行は、ハワイだぞ、ハワイっ」

「…ん…」

澄乃の声が、しだいに弱々しくなっていく。

「それから、たくさん子供を作るぞっ」

雪を威嚇するように、彼方は声を張り上げていた。

えう…、と嬉《うれ》しそうな声が背中から返ってきた。

「また龍神湖にもいって、たくさんスケッチもするんだろ？」

「…うん」

「あんまんも、たくさん食べような？」

「……うん」

「それから…ええっと、それから…」

約束を重ねるほどに、彼方の胸は虚《むな》しさで溺《おぼ》れそうになった。

嫌な予感は増していくばかりだった。

「どうした？」

澄乃の返事が絶えていた。

沈黙が冷気となり、背筋を凍りつかせた。

寒い。どうしようもなく、寒かった。

身体が震えているのは、怖いからではない——。

「…うん…」

「ね……眠いのか？」

「……少し…だけ…」

「そうか…」

「…わたしね…」

「なんだ？　どこかいきたいとこを思いついたのか？　いいぞ。どこでもいいぞ。どんなに遠くても、ぜったいい連れていってやるぞ」

「幸せだったよ……」

「な…っ」

「彼方ちゃんと…再会できて……お嫁さんにまで…してくれて」

喉《のど》がこわばり、悲しみが足にまとわりついた。

「まだだ……まだ、お嫁さんの衣装、着てないぞ」

澄乃にしゃべらせなくてはいけない。

もっと話をしなくては——。

「…うん…そだね…」

気があせるばかりで、前にすすんでいなかった。

どこまで歩いたら着くのだろうか——。

この村は、こんなにひろかっただろうか——。

ざっく、ざっく、と。

ズボンにしがみつく雪が焦燥感をあおっていた。

「澄乃、幸せはこれからなんだっ。これから、今まで以上に……俺たちには、いっぱい幸せが待ってるんだぞっ」

ほとんど彼方は叫んでいた。

どうしようもなく、声が震えてしまう。

「わ……いっぱい、あるの…？」

「あるっ。だ、だから…っ」

「わたし…すごい、幸せ者だよ…」

「もうちょっとで着くからな？」

「…うん…」

幸福な夢の欠片《かけら》。

果たされなかった約束。

届かなかった未来。

儚《はかな》く、どこまでも儚く——すべては凍りついていく。

「…んにゅ…」

「どうした？　澄乃？　澄乃っ？」

「なんだかね……勝手にね……目蓋《まぶた》がね……下りて」

「もうちょっとだぞ？」

「彼方ちゃんと…もっと…お話…したい…のに…ね」

「あと、もうちょっとで…」

「もっと……いろんな……お話」

呼吸音が小さくなっていった。

「…わたし…ね…」

「ああ。聞いてるぞ」

「世界で一番…ね……彼方ちゃんが…」

「澄乃？　すみ…」

ずし、と背中の重みが増していた。

揺すってはいけない、と思った。

澄乃は眠ってしまったのだから。

「……着いたら、起こすからな……？」

静かに、寝かせておかなくちゃ、と何度も言い聞かせた。

燃えるように熱かった背中が、ゆっくりと冷えていった。

だが、どこへいこうとしているのか——。

ドレスをとりに？

それとも、診療所へか？

ちがう——。

本当に、どこへいこうとしているのか？

彼方はわからなくなっていた。

澄乃を背負って、どこへ——。

夢ならば覚めてほしかった。

白い雪が視界を覆い――。

なにもかも見えなくなっていた。

どうして、こんなに雪が降っているんだろうか――。

ふと、不思議に思った。

天から舞い降りてくる結晶の一つ一つには、人の悲しみが、寂しさが、切なさが閉じ込められているのだ。

だから、どこにもいけないのだ。

この悲しみをどうにかしなければ――。


――おまえが断ち切るのだ――。


それは、誰《だれ》の声なのか――。

はらり、はらり、と。

桜の花びらのように。

体温を奪っては溶け、頰《ほお》を流れる雫《しずく》となっていく。

彼方の意識は、雪に埋もれていった。

『え、えう〜』
お嫁さんごっこをしていた澄乃が泣いている。
『ど、どうした？　今度はなんだよ？』
『……お花のわっか、頭にないよ』
彼方が作ってやった、レンゲ草の冠をどこかに落としてしまったのだ。
『おヨメしゃんなのにないよ〜』
澄乃が泣いている。
可愛《かわい》い、愛しい澄乃が――。
白いカーテンが窓で揺れている。
彼方は、これをベールの代わりにしようと思いついた。
『ほら、こうすればお嫁さんだぞ』
『わたし、おヨメしゃん？』
『そうだぞ。俺の嫁だぞ』
『花ヨメしゃんんんーっ』
カーテンにくるまって、澄乃が踊っている。
幸福そうに笑っていた。

――悲しみの輪廻《りんね》を――断ち切るのだ――。

澄乃を背負って…。
彼方は…。
白い迷宮を、どこまでも彷徨《さまよ》っていた。

END

あとがき

最初のヒロインは澄乃です。

やはり、彼女から物語られるべきでしょう。ほわほわ〜、と本人に自覚がないものの、すべては澄乃からはじまり、モニタに姿は見えなくても物語の中核に位置している女の子ですから——。

「SNOW」のようにストーリー性が高いゲームのノベライズ化では、必要なエピソードを選択し、再構築し、削って削って削っていく作業が待っています。あらためてゲームのシナリオをチェックしていくと、何気ない一言にもシナリオライターさんの想いが込められていることに気づき、なかなか削れなくて悩むこともしばしばでした。

ヒロインたちはもちろん、脇役もみんな魅力的で、中でもお気に入りは橘親子だったりします。とくに、芽依子、ラブ。

さて、残り四冊。まだまだ先は長い。

また、次の万年雪で——。

二〇〇三年五月三〇日　龍神温泉で腰を癒したい…

三田村半月

SNOW ～儚雪～

2003年６月25日　初版第１刷発行
2004年11月30日　　　第４刷発行

著　者　三田村 半月
原　作　スタジオメビウス
キャラクターデザイン
　　　　飛鳥 ぴょん

発行人　久保田 裕
発行所　株式会社パラダイム
　　　　〒166-0011東京都杉並区梅里2-40-19
　　　　ワールドビル202
　　　　TEL03-5306-6921 FAX03-5306-6923

装　丁　スクエア
印　刷　株式会社秀英

乱丁・落丁はお取り替えいたします。
定価はカバーに表示してあります。

既刊ラインナップ

定価 各860円+税

1 悪夢 ～青い果実の散花～
2 脅迫
3 痕 ～きずあと～
4 慾 ～むさぼり～
5 黒の断章
6 淫従の堕天使
7 Esの方程式
8 歪み
9 悪夢 第二章
10 瑠璃色の雪
11 官能教習
12 復讐
13 淫Days
14 お兄ちゃんへ
15 緊縛の館
16 密猟区
17 淫内感染
18 月光獣
19 告白
20 Xchange
21 虜2
22 飼
23 迷子の気持ち
24 ナチュラル ～身も心も～
25 放課後はフィアンセ
26 骸 ～メスを狙う顎～
27 朧月都市
28 Shift!
29 いまじねぃしょんLOVE
30 ナチュラル ～アナザーストーリー～
31 キミにSteady
32 ディヴァイデッド
33 紅い瞳のセラフ
34 MIND
35 錬金術の娘
36 凌辱 ～好きですか？～
37 My dearアレながおじさん

38 狂*師 ～ねらわれた制服～
39 UP!
40 魔薬
41 臨界点
42 絶望 ～青い果実の散花～
43 美しき獲物たちの学園 明日菜編
44 淫内感染 ～真夜中のナースコール～
45 My Girl
46 面会謝絶
47 偽善
48 美しき獲物たちの学園 由利香編
49 せ・ん・せ・い
50 sonnet ～心かさねて～
51 リトルMyメイド
52 flowers ～ココロノハナ～
53 サナトリウム
54 はるあきふゆにないじかん
55 プレシャスLOVE
56 ときめきCheck in!
57 散櫻 ～禁断の血族～
58 Kanon ～雪の少女～
59 セデュース ～誘惑～
60 RISE
61 虚像庭園 ～少女の散る場所～
62 終末の過ごし方
63 略奪 ～緊縛の館 完結編～
64 Touch me ～恋のおくすり～
65 淫内感染2
66 加奈 ～いもうと～
67 PILE・DRIVER
68 Lipstick Adv.EX
69 Fresh!
70 脅迫 ～終わらない明日～
71 うつせみ
72 Xchange2
73 M.E.M. ～汚された純潔～

74 Fu・shi・da・ra
75 絶望 ～第二章～
76 Kanon ～笑顔の向こう側に～
77 ツグナヒ
78 ねがい
79 アルバムの中の微笑み
80 ハーレムレーサー
81 絶望 ～第三章～
82 淫内感染2 ～鳴り止まぬナースコール～
83 螺旋回廊
84 Kanon ～少女の檻～
85 夜勤病棟
86 使用済 ～CONDOM～
87 真・瑠璃色の雪 ～ふりむけば隣に～
88 Treating 2U
89 尽くしてあげちゃう
90 Kanon ～the fox and the grapes～
91 もう好きにしてください
92 同心 ～三姉妹のエチュード～
93 あめいろの季節
94 Kanon ～日溜まりの街～
95 贖罪の教室
96 ナチュラル2 DUO 兄さまのそばに
97 帝都のユリ
98 Aries
99 LoveMate ～恋のリハーサル～
100 恋ごころ
101 プリンセスメモリー
102 ぺろぺろCandy2 Lovely Angels
103 夜勤病棟 ～堕天使たちの集中治療～
104 尽くしてあげちゃう2
105 悪戯Ⅲ
106 使用中 ～W.C.～

107 せ・ん・せ・い2
108 ナチュラル2 DUO お兄ちゃんとの絆
109 特別授業
110 Bible Black
111 星空ぷらねっと
112 銀色
113 奴隷市場
114 淫内感染 ～午前3時の手術室～
115 懲らしめ 狂育的指導
116 傀儡の教室
117 インファンタリア
118 夜勤病棟 ～特別盤 裏カルテ閲覧～
119 姉妹妻
120 ナチュラルZero+
121 看護しちゃうぞ
122 みずいろ
123 椿色のプリジオーネ
124 恋愛CHU! 彼女の秘密はオトコのコ？
125 エッチなバニーさんは嫌い？
126 もみじ「ワタシ…人形じゃありません…」
127 注射器2
128 恋愛CHU! ヒミツの恋愛しませんか？
129 悪戯王
130 水夏 ～SUIKA～
131 ランジェリーズ
132 贖罪の教室BADEND
133 -スガタ-
134 Chain失われた足跡
135 君が望む永遠 上巻
136 学園 ～恥辱の図式～
137 蒐集者 コレクター
138 とってもフェロモン
139 SPOT LIGHT
140 Princess Knights上巻

最新情報はホームページで！　http://www.parabook.co.jp

141 君が望む永遠 下巻
142 家族計画
143 魔女狩りの夜に
144 憑き
145 螺旋回廊2
146 月陽炎
147 このはちゃれんじ！
148 奴隷市場ルネッサンス
149 新体操（仮）
150 Piaキャロットへようこそ!!3 上巻
151 new～メイドさんの学校～
152 はじめてのおるすばん
153 Beside～幸せはかたわらに～
154 Only you 上巻
155 性裁 白濁の禊
156 Milkyway
157 Sacrifice ～制服狩り～
158 Piaキャロットへようこそ!!3 中巻
159 忘レナ草 Forget-me-Not
160 Silvern ～銀の月、迷いの森～
161 エルフィーナ～淫夜の王宮編～
162 Princess Knights下巻
163 Realize Me
164 Only you 下巻
165 水月 ―すいげつ―
166 はじめてのおいしゃさん
167 ひまわりの咲くまち
168 Piaキャロットへようこそ!!3 下巻
169 新体操（仮）淫装のレオタード
170 D.C.～ダ・カーポ～ 朝倉音夢編
171 エルフィーナ～奉仕国家編～
172 今宵も召しませ アリステイル
173 はじらひ
174 いもうとブルマ
175 DEVOTE2 いけない放課後
176 特別授業2

177 超昂天使エスカレイヤー 上巻
178 D.C.～ダ・カーポ～ 白河ことり編
179 いたずら姫
180 SNOW～儚雪～
181 あいかぎ 彩音編
182 てのひらを、たいように 上巻
183 裏番組～新人女子アナ欲情生中継～
184 SEXFRIEND～セックスフレンド～
185 超昂天使エスカレイヤー 中巻
186 D.C.～ダ・カーポ～ 芳乃さくら編
187 女医◯っくす
188 SNOW～小さき祈り～
189 カラフルキッス12コの胸キュン！
190 あいかぎ 千香編
191 超昂天使エスカレイヤー 下巻
192 てのひらを、たいように 下巻
193 復讐の女神 Nemesis
194 満淫電車
195 催眠学園
196 SNOW～古の夕焼け～
197 懲らしめ2 狂育的デパガ指導
198 うちの妹のばあい
199 かこい～絶望の処女監獄島～
200 朱 上巻～ルタの眷属～
201 恋する妹はせつなくてお兄ちゃんを想うとすぐHしちゃうの
202 すくみず 真帆・梨香編
203 魔女っ娘ア・ラ・モード
204 SNOW～記憶の棘～
205 姉、ちゃんとしようよっ！上巻立志編
206 D.C.～ダ・カーポ～ 天枷美春編
207 ナチュラルアナザーワン
209 プリンセスブライド
210 すくみず 媛・鈴枝編
211 クリスマス★プレゼント
212 SNOW～空の揺りかご～
213 姉、ちゃんとしようよっ！下巻奮闘編

214 D.C.～ダ・カーポ～ 鷺澤頼子編 原作：サーカス 著：雑賀匡
215 ななみとこのみのおしえてA・B・C 原作：スタジオリング 著：三田村半月
216 こなたよりかなたまで 原作：F&C・FC01 著：島津出水
217 すくみず コナ・葉菜編 原作：サーカス 著：黒瀧糸由
218 D.C.～ダ・カーポ～ 水越萌・眞子編 原作：サーカス 著：雑賀匡
219 ラストオーダー 原作：13cm 著：前園はるか
220 放課後～濡れた制服～ 原作：BISHOP 著：庵乃音人
221 夜勤病棟・弐 原作：MnoViolet 著：高橋恒星
222 クロス†チャンネル 原作：ウィル 著：伊藤イツキ
223 MILK・ジャンキー 原作：ブルゲONDEMAND 著：布施はるか
224 アンサンブル 桜子編 原作：F&C・FC03／ドリームソフト 著：雑賀匡
225 へんし～ん！ 原作：May-BeSOFT 著：岡田留奈
226 大好きな先生にHなおねだりしちゃうおませなボクの／私のぷにぷに 原作：CAGE 著：武藤礼恵
227 愛cute！キミに恋してる 原作：ぱれっと 著：村上早紀
228 インモラル 原作：ブルーゲイル 著：布施はるか
229 エックスチェンジ3 原作：クラウド 著：村上早紀
230 姉、ちゃんとしようよっ！2上巻帰還編 原作：きゃんでぃそふと 著：布施はるか
231 MILK・ジャンキー2 原作：ブルゲONDEMAND 著：鏡裕之
232 アンサンブル 淳編 原作：F&C・FC03／ドリームソフト 著：雑賀匡

233 お願いお星さま 原作：PULLTOP 著：島津出水
234 終の館 第一章 原作：サーカス 著：橘卯月
235 あなたと見た桜～姉妹妻～ 原作：13cm 著：四月詞鳴
236 特別病棟 原作：BISHOP 著：庵乃音人
237 D.C.P.C. 胡ノ宮環編 原作：サーカス 著：雑賀匡
240 アンサンブル 若葉編 原作：F&C・FC03／ドリームソフト 著：雑賀匡
241 ラムネ 近衛七海編 原作：ねこねこソフト 著：岡田留奈

好評発売中！

〈パラダイムノベルス新刊予定〉

☆話題の作品がぞくぞく登場！

12月

238.姉、ちゃんとしようよっ！2 下巻 野望編

きゃんでぃそふと　原作
布施はるか　著

空也をめぐる柊家と犬神家の確執は、深まるばかり。だが雛乃の努力により、少しずつ和解の方向に向かっていった。そこで空也が目論んだのは、柊・犬神両姉妹のハーレムだった！

242.終の館 第二章

サーカス　原作
橘卯月　著

妖艶な未亡人の、褐色の肌の、人形のような…。とある館で時代を超えて繰り広げられる、メイドたちの切ない物語。そして、それを見守り続ける少女・桜実は…。第二章では「罪と罰」「檻姫」「人形」を収録。

12月